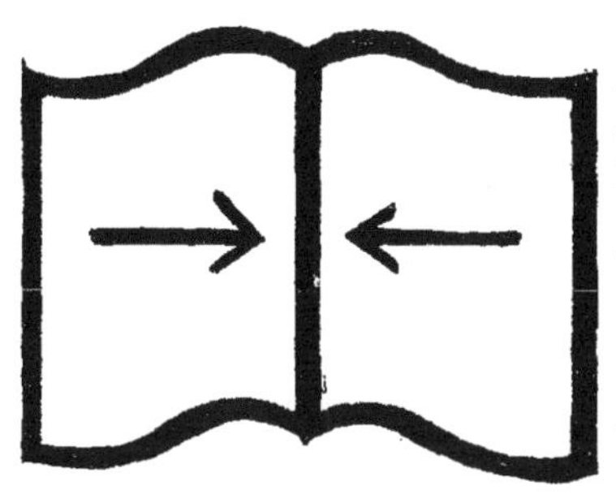

RELIURE SERREE
Absence de marges
intérieures

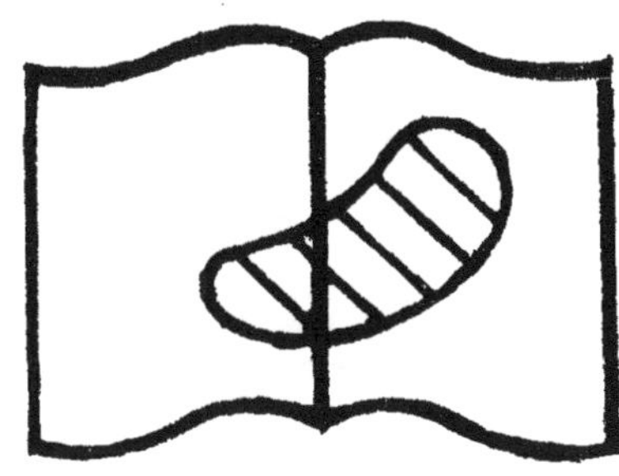

Illisibilité partielle

VALABLE POUR TOUT OU PARTIE DU
DOCUMENT REPRODUIT

Couverture inférieure manquante

LES COUVERTURES SUPERIEURES ET INFERIEURES
SONT EN TYPOGRAPHIE COULEUR.

LES COUV. SUP. ET INF. SONT RELIEES
A LA FIN DU VOLUME

DU N° .2.
AU N° .6.

DU N° .1.

8·Y²
19603

Original en couleur

NF Z 43-120-8

L'AMÉRICAINE
PIERRE SALES
times le fascicule illustré.
ES DE PIERRE SALES. N° 13.
FAYARD FRÈRES ÉDITEURS PARIS
A L'AMÉRICAINE. N° 1

PIERRE SALES

À l'Américaine!

AVENTURES PARISIENNES

PARIS

FAYARD Frères, Éditeurs

78, BOULEVARD SAINT-MICHEL, 78

ŒUVRES DE PIERRE SALES

En volumes illustrés à 60 centimes.

Ont paru :

A l'Américaine ! [1]

I

L'AMÉRICAINE

L'avenue du Bois de Boulogne était encore gâtée, il y
a quelques années, par de petites maisons bourgeoises ou
par des bâtiments louches tombant en ruines, des terrains
vagues bordés de palissades, un skating, des cabarets équi-
voques, qui faisaient bien tristement tache parmi les élégantes
demeures, auxquelles ils semblaient attachés comme des
verrues. Mais, peu à peu, toutes ces verrues ont disparu, pour
faire place à de nouveaux hôtels; et rien ne trouble plus
l'harmonie de cette avenue, sans contredit la plus belle du

1. L'épisode qui précède ce récit a pour titre : *La Jeune France*.

monde entier. C'est dans la partie qui avoisine la gare du
chemin de fer de Ceinture que les constructions louches et
les terrains vagues ont subsisté le plus longtemps ; il y a là
maintenant une profusion de ravissantes habitations bâties
dans la verdure. Et la gare elle-même, sortant de ses vieux
murs imprégnés de fumée et de poussière, a fait peau neuve
et se dresse toute coquette pour l'Exposition.

Tous les habitués du bois de Boulogne connaissent le
gracieux hôtel Louis XV, qui s'élève à une légère distance
de cette gare — un vrai bijou, où s'allient, à l'art le plus
délicat, les recherches les plus raffinées du confort moderne.
Il a été construit très rapidement ; et, pendant quelques
semaines, ce fut une habitude, parmi les cavaliers et les
amazones qui galopent le long de l'avenue, de constater les
progrès de la nouvelle construction, qui grandissait comme
par enchantement. Des curieux abandonnèrent même l'allée
des cavaliers pour passer devant le chantier et demander à
qui cet hôtel était destiné.

— On ne sait pas, leur fut-il répondu, mais à des gens
pressés évidemment, puisqu'on y travaille la nuit.

La réponse fut rapportée au prince de Zéran et au baron
de Vauchelles qui, suivant l'expression des chroniqueurs
mondains, se disputent le sceptre de l'élégance ; et tous les
deux furent unanimes à déclarer que des gens si pressés ne
pouvaient être que des Américains. Et personne ne fut surpris
lorsque l'architecte annonça au tapissier chargé de la meubler
que l demeure, qu'il construisait si hâtivement, était en effet
destinée à des Yankees. Le tapissier le répéta à plusieurs
clients, qui le répétèrent à leurs connaissances ; et le monde
élégant attendit avec une certaine impatience l'arrivée de ces
Américains.

Les indiscrets, qui, n'ayant rien à faire, se croient très
occupés parce qu'ils passent leur existence à potiner, allèrent
même chez le tapissier et demandèrent de plus amples renseignements. Le tapissier ne tarit pas sur la richesse de ses nouveaux
clients, sur la liberté qu'il avait de tout meubler à sa guise :
de magnifiques salles de réception, un appartement de femme,
un appartement d'homme et un appartement de jeune fille.
Mais c'était tout ce qu'il savait, avec l'initiale du nom de
famille, un D, et l'initiale du nom de baptême de la jeune
fille, un E. Il avait reçu les ordres directement de l'architecte.

Les indiscrets trouvèrent aisément un prétexte pour faire bavarder l'architecte à son tour. Celui-ci avoua qu'il n'en connaissait pas plus que le tapissier, et que lui-même tenait ses ordres de M. Saturnin Baradoux.

M. Saturnin Baradoux s'intitule banquier. C'est, en réalité, un prêteur, un de ces hommes que Balzac a immortalisés sous le nom de Gobseck, un terrible usurier, mais aimable, moderne, perfectionné. — Interrogé par un des jeunes gens auxquels il a l'air de rendre service, il déclara, sans faire de mystère, que lui-même recevait ses instructions, et l'argent nécessaire pour les exécuter, de son correspondant de New-York, et qu'il n'en savait pas plus que l'architecte et le tapissier. Il ajouta simplement, avec le sourire fin qui lui donne une allure si bonhomme :

— Mais évidemment, des gens fort riches... J'ai l'ordre de ne pas compter.

Des gens qui ne comptent pas !... Il n'en fallait pas davantage pour exciter au plus haut point la curiosité des désœuvrés. Et cette curiosité atteignit à son comble lorsqu'on vit, un matin, par derrière la grille de l'hôtel, deux chevaux anglais, dont un pur sang, rangés devant le perron, tenus en laisse par un domestique et un irréprochable petit groom. Les habitants de l'hôtel étaient donc arrivés.— Quelques instants après, deux femmes, en habit de cheval, apparaissaient sur le perron, puis, montant sur leurs bêtes en amazones consommées, se dirigeaient vers le Bois, suivies de leur petit groom qui, lui, montait naturellement un énorme cheval.

L'arrivée de nouveaux personnages est toujours un événement parmi les habitués du bois de Boulogne, et cet événement prend une importance considérable, lorsque ces nouveaux personnages sont deux femmes admirablement habillées, que ces deux femmes montent des bêtes de prix et que l'une des deux femmes est une belle jeune fille, c'est-à-dire un beau parti. Il y a toujours, au bois de Boulogne, tant de jolis jeunes gens à vendre ! Et les Américaines éveillent régulièrement l'idée de dots féeriques, de mines d'or, de mines de pétrole, de lignes entières de chemins de fer...

Le soir, dans les cercles, la jeunesse dorée ne parlait que des deux Américaines. Déjà on savait leur nom ; Baradoux, pressé de questions, avait fini par consentir à quelques confidences : l'Américaine s'appelait mistress Dickson, sa fille miss

Edith. M. Dickson ne les avait pas accompagnées ; il était
retenu, en Amérique, par ses nombreuses affaires. Quant à sa
fortune, il ne la connaissait pas exactement, vu que personne
ne pouvait prévoir pendant combien d'années on trouverait
de l'or dans ses mines de Californie ; et il venait d'acheter,
au Brésil, une concession de mines de diamants : il avait été
forcé d'aller la surveiller... ainsi que la construction d'une
interminable ligne de chemin de fer qui traversait l'Amérique
du Sud...

Le lendemain, les Américaines trouvèrent beaucoup d'œil-
lades sur leur passage. Elles passèrent, très dédaigneuses.

Et, le soir, on les vit à l'Opéra dans une première loge,
libre depuis huit jours seulement, et que M. Saturnin Baradoux avait réussi à obtenir en secret, pour ses clientes.

Dans la soirée, le banquier vint leur faire une visite et
leur apprit qu'elles avaient un succès prodigieux. L'Américaine eut un sourire de méprisante ironie :

— Ces Parisiens ! fit-elle. Ils sont donc bien tels que me
les a dépeints mon mari !

— Vous n'aurez qu'à observer, madame, la règle de conduite que, d'accord avec M. Dickson, j'ai fixée, répondit
Baradoux ; et je vous réponds de la réussite la plus complète
que vous puissiez rêver !

Miss Edith ne se mêlait pas à cette conversation. Elle était
toute au plaisir de parader sur le bord de sa loge, de bien
montrer ses épaules, qui étaient peut-être un peu trop garnies
pour des épaules de jeune fille, mais d'une éblouissante blan-
cheur. Et son orgueil se gonflait — miss Edith avait beaucoup d'orgueil — à la pensée qu'elle était le point de mire
de la plupart des lorgnettes de l'orchestre.

— Eh bien, petite, lui demanda sa mère quand elles
remontèrent dans leur voiture, tu ne regrettes pas New-York ?

— Non. Paris est décidément une ville qui me convient.

Peu de jours après, les deux femmes avaient une *seconde
loge*, le mardi, au Théâtre-Français. Malgré toute son habileté, Baradoux n'avait pu en obtenir une première. Les Américaines firent sensation à la Comédie-Française, comme à
l'Opéra, comme au Bois ; et il en fut ainsi dans tous les endroits
élégants où elles se montrèrent, aux représentations à la mode,
aux expositions des cercles, au Concours hippique... Partout,
elles allaient avec la sûreté de Parisiennes expérimentées,

faisant toujours les dédaigneuses, semblant mépriser les relations qu'elles auraient pu se créer facilement dès leur. arrivée,
ne recevant personne, ne commettant aucune excentricité,
forçant les gens les plus défiants à reconnaître qu'elles étaient
parfaitement *select*.

C'est qu'elles obéissaient aveuglément à M. Saturnin Baradoux. Et M. Saturnin Baradoux est un des plus vieux renards
de la vie parisienne.

Petit, grassouillet, portant des favoris poivre et sel, ayant la
tournure d'un avocat retors et essayant toujours de se donner
un air. bonhomme, M. Baradoux avait longuement étudié le
monde élégant; et il en vivait, avec une habileté consommée.
Aussi aimable en affaires qu'impitoyable pour ses recouvre-
ments, il avait obligé presque tous les jeunes gens qui font
partie de la bohème dorée et qui ont la prétention de repré-
senter le faubourg Saint-Germain. On l'appelait couramment
« le banquier du grand monde »; mais lui, qui était très froid,
très sceptique, qui estimait les choses à leur juste valeur,
savait fort bien qu'il n'avait jamais pénétré dans le vrai
monde et que les jeunes gens, les familles qu'il obligeait,
appartenaient, tout bonnement, à ce que l'on pourrait appeler « le demi-monde du grand monde », société hétéroclite,
composée des mondes les plus divers.

Cinq à six semaines après leur arrivée à Paris, Saturnin
Baradoux se présenta, triomphant, à l'hôtel de mistress
Dickson.

— Je crois, dit-il aux deux Américaines, que nous avons
suffisamment joué avec la curiosité des Parisiens et qu'il est
temps de faire un pas en avant.

Et en prononçant ces mots, il tendait à miss Édith un
joli carton armorié.

— Oh! une vente de charité! s'écria joyeusement la
jeune fille; moi qui brûlais depuis si longtemps d'en voir
une!

— Mademoiselle, il y en a eu beaucoup depuis votre
arrivée à Paris; et j'aurais certainement pu vous faire assis-
ter à plusieurs d'entre elles. Mais, pour cela, il aurait fallu
demander des invitations, aller peut-être au-devant d'un
échec, tandis qu'en patientant un peu, j'ai reçu cette invitation pour vous, sans avoir même eu besoin de la demander.

— Et de la part de la baronne de Vauchelles! fit Édith toute fière; cette jolie femme?...

— Dont vous admirez toujours les toilettes.

— Qui a la troisième loge à droite de la nôtre à l'Opéra?

— C'est bien cela.

Édith se précipita au cou de sa mère :

— Oh! maman, que je suis contente!

L'Américaine interrogea avec un calme imperturbable :

— C'est une honnête femme?

— Tout ce qu'il y a de plus faubourg Saint-Germain! répliqua Baradoux avec un sérieux non moins imperturbable.

Puis il donna longuement ses instructions aux deux femmes, sérieux comme un professeur qui fait une leçon, leur expliquant d'avance l'aménagement de la nouvelle salle à la mode où ont lieu ces sortes de petites fêtes, la façon dont seraient placées les boutiques de vente, les vendeuses auxquelles il faudrait acheter beaucoup, celles à qui il faudrait acheter peu et celles qui ne valaient pas la peine qu'on leur achetât rien du tout.

Le jour de la vente, le banquier vint examiner la toilette d'Édith, lui fit enlever un chapeau qui lui semblait trop tapageur et qu'elle dut remplacer par une coiffure plus modeste. Il ne trouva rien à redire à sa robe, qui était très simple, unie, couleur carmélite, en voile de religieuse. Il recommanda la plus grande prudence à mistress Dickson; et les deux femmes partirent pour la salle Albert-le-Grand.

L'entrée des deux Américaines produisit une petite sensation. C'était la première fois qu'on les voyait dans une fête mondaine. La baronne de Vauchelles les guettait. Son mari, renseigné par Saturnin Baradoux, l'avait prévenue qu'elle n'aurait qu'à montrer un peu d'empressement pour obtenir d'elles une belle offrande. Mistress Dickson et sa fille traversèrent lentement la salle Albert-le-Grand, jouissant du petit triomphe qui les accueillait, mais cachant leur joie sous un masque de parfaite indifférence. Craignant qu'une rivale ne les détournât, la baronne de Vauchelles fit la moitié du chemin au-devant d'elles. Et tout le monde se tut aux alentours pour mieux examiner les nouvelles venues.

— Madame Dickson, je crois? prononça très aimablement la baronne de Vauchelles en s'inclinant.

— La baronne de Vauchelles?

Et s'étant ainsi présentées elles-mêmes, les deux femmes se firent des grâces.

— Ah ! madame, s'écriait la baronne, que c'est aimable à vous d'avoir répondu à mon appel, pour mes pauvres petits orphelins de Bretagne !

— Ah ! madame, répliquait l'Américaine d'un ton pénétré, je ne saurais songer à l'infortune de ces pauvres orphelins sans en être profondément touchée. Et vraiment, je vous remercie de tout cœur de m'aider à faire un peu la charité.

Elle prenait déjà sa bourse en mailles d'or.

— Choisissez, dit la baronne.

Elle lui montrait son étalage.

— On m'a assuré, madame, dit l'Américaine, que vous vendriez des objets confectionnés par vous-même.

— Voici le dernier que j'aie brodé, déclara la baronne, en montrant un coussin... qu'elle avait fait broder par une ouvrière, qui travaillait chez elle à la journée.

— Oh ! mais il est délicieux ! affirma Édith ; et vous avez des doigts de fée, madame !

Et, pendant un bon quart d'heure, les deux Américaines s'extasièrent sur le travail de la baronne de Vauchelles. Celle-ci expliquait de quelle manière elle s'y prenait, indiquait la maison qui lui avait fourni le dessin, les soies aux couleurs si harmonieuses, si doucement nuancées qu'on eût dit le travail d'une châtelaine de jadis.

— Et nous vendons très bon marché, dit-elle. Ce coussin n'est que de cent francs.

— Les orphelins ont le droit d'être plus exigeants, répliqua l'Américaine.

Et, de sa bourse d'or, elle retira un billet de cinq cents francs, plié tout menu, et le remit à la baronne de Vauchelles.

— Merci pour mes pauvres, dit celle-ci avec son plus gracieux sourire.

Édith choisit un vide-poche et le paya cent francs, « sur sa bourse de jeune fille ». Puis, les deux femmes s'éloignèrent et passèrent assez vivement devant les autres boutiques. Baradoux leur avait recommandé de ne pas se prodiguer. Cependant elles daignèrent s'arrêter à quelques étalages, ceux indiqués d'avance par le banquier comme tenus par des personnes influentes : deux marquises, une duchesse, une comtesse. Et, au nom des pauvres petits orphelins, mistress Dickson se laissa encore arracher un billet de cinq cents francs.

— N'allez pas au delà de mille francs, avait dit Baradoux. Ce sera suffisant pour qu'on parle beaucoup de vous.

On parla beaucoup d'elles, en effet, et les rivales de la baronne de Vauchelles, jalouses des six cents francs que lui avaient laissés les Américaines, vinrent lui demander d'où elle connaissait cette Mme Dickson. La baronne répondit que c'était son mari qui les avait invitées et qu'elle n'en savait pas plus long, si ce n'est qu'elles étaient vraiment fort généreuses. On interrogea alors le baron... qui raconta tout naïvement l'histoire de la famille Dickson, telle qu'il la tenait de la bouche même de M. Baradoux.

M. Dickson, d'après lui, était le dernier descendant d'une vieille famille anglaise qui s'établit en Amérique, alors que les États-Unis n'étaient qu'une colonie anglaise ; et ses aïeux avaient glorieusement combattu dans la guerre de l'indépendance contre l'Angleterre, ce qui constitue, on le sait, une sorte de noblesse en Amérique. Les Dickson étaient donc de bonne maison. On avait pu remarquer, d'ailleurs, combien miss Edith ressemblait peu aux Américaines évaporées qui surprennent les Parisiens par leurs excentricités ; et sa mère était une femme fort comme il faut. Quant à M. Dickson, lorsqu'on le connaîtrait, on ne pourrait s'empêcher d'admirer sa vaste intelligence, sa surprenante activité et sa générosité.

Huit jours après, devait avoir lieu, à cette même salle Albert-le-Grand, une vente de charité au bénéfice des veuves de matelots. La baronne de Vauchelles faisait partie de la Société des veuves de matelots, comme de la Société des orphelins de Bretagne et d'une foule de sociétés utiles, avant tout, à se mettre en vedette, à faire du tapage, à forcer les journaux à s'occuper des sociétaires. La présidente de la Société des veuves de matelots pensa que miss Edith Dickson serait une grande attraction : et la baronne de Vauchelles fut chargée de demander à mistress Dickson, d'autoriser sa fille à tenir des boutiques de la salle Albert-le-Grand. Baradoux, consulté, affirma qu'il fallait accepter sans hésitation. Et il dit :

— Mon Dieu ! ces Parisiens seront donc toujours les mêmes !...

II

LES DESSOUS D'UNE GRANDE VIE

Paraître comme vendeuse à une fête de charité, débiter
des sourires avec des fleurs — car on lui avait assigné un
comptoir de fleurs — parader aux yeux de ces jeunes élégants qui, depuis six semaines, la poursuivaient de leurs
regards, rivaliser de beauté, de toilette avec toutes ces femmes
qu'on célèbre à chaque instant dans les journaux !... Edith
aurait embrassé M. Baradoux pour avoir si bien conduit
leur barque.

Et c'étaient des préparatifs dans l'hôtel, de longues conférences avec la couturière, des études devant une glace pour
apprendre à se bien tenir dans un comptoir de vente, à sourire assez pour être enjôleuse et pas trop pour n'être pas
accusée d'excentricité...

Puis, une visite à la baronne de Vauchelles, c'est-à-dire
une première entrée dans ce monde, où elle brûlait si ardemment de briller !

Les quelques jours qui la séparaient de la vente passèrent
pour Edith comme un rêve. Et, quand elle se vit dans sa
petite boutique, adorablement coquette en sa robe de marquise Louis XV, rose pâle avec des fleurettes bleues, et tout
un mouvement autour d'elle, les jeunes gens se pressant à son
comptoir, se disputant les moindres fleurs qu'elle débitait, et
versant leurs louis pour le joli sourire qu'elle leur adressait,
elle eut une bouffée d'orgueil et crut qu'elle avait conquis
Paris. Son succès fut prodigieux : elle vendit pour trois mille
francs de roses ; et, comme sa mère lui avait remis cinq cents
francs de fonds de bourse, elle déposa fièrement ses trois
mille cinq cents francs dans la caisse des veuves de mate-

lots. Sa recette dépassait celles, réunies, de toutes ses rivales.

Après cette vente de charité, la saison des bains de mer servit admirablement aux deux Américaines pour développer leur succès mondain. Baradoux les envoya à Trouville, où elles retrouvèrent la princesse de Zéran, la baronne de Vau-

Son succès fut prodigieux, elle vendit pour trois mille francs de roses. (P. 11.)

chelles et une foule d'élégantes qui ne demandaient qu'à les admettre dans leur société. Elles y prirent si adroitement pied, qu'à leur retour à Paris, elles faisaient définitivement partie de ce monde qui s'amuse, qui fait du tapage, qui occupe Paris de ses moindres actions et que les naïfs prennent pour le « Faubourg ». Edith avait déjà causé plusieurs passions. Elle avait défié à Trouville les nageurs les plus audacieux, comme les danseurs les plus infatigables. Elle commençait à

ne plus se montrer qu'escortée d'un petit bataillon d'adora-
teurs, qu'elle ménageait tous très finement, sans jamais accorder à l'un d'eux la moindre privauté. Quelques-uns avaient

— C'est peu, pour un joli visage comme le vôtre. (Page 16.)

« risqué le coup » et demandé la main de la belle Américaine. Ils avaient été repoussés gentiment, sans la moindre
fâcherie, après enquête vivement faite par Baradoux. Elle
avait ainsi refusé un marquis, un duc, un prince !
   Elle acceptait, du reste, tous ces succès avec la conscience

de les mériter par sa beauté, par sa grâce et son esprit...

Sa mère n'avait pas la même assurance : il lui semblait qu'elles faisaient un beau rêve et qu'il suffirait du moindre accident pour briser leur jolie vie. Et quand par hasard elle se laissait aller, elle aussi, à l'orgueil, cela durait peu ; la première lettre qu'elle recevait de son mari la ramenait à la réalité, et elle murmurait alors :

— Mon Dieu ! si l'on savait qui nous sommes !

Et, lorsqu'elle se trouvait dans un salon, au milieu d'une élégante société, et qu'elle voyait sa fille trôner parmi ses gardes du corps, il lui arrivait de reporter sa pensée en arrière d'une vingtaine d'années... Et elle voyait alors une petite auberge bâtie dans le Connecticut, une auberge isolée, assez mal achalandée, et, devant la porte de cette auberge, une servante jeune, avenante, attendant les voyageurs. Cette servante, c'était elle, la belle mistress Dickson, que les salons parisiens se disputaient aujourd'hui ; et la petite auberge du Connecticut était la maison où elle avait passé sa vie depuis l'âge de quinze ans. Elle se nommait alors Margaret, Margaret tout court, parce qu'on ne lui connaissait pas de parents. En ce temps-là, elle ne pensait guère aux beaux hôtels de l'avenue du Bois de Boulogne, ni aux jolis équipages, ni à l'Opéra, ni aux ventes de charité, pour la bonne raison qu'elle ignorait même que ces choses-là existassent. Elle était toute à son travail et soignait bien les voyageurs, pour qu'ils n'oubliassent pas les pourboires.

Or, un soir où l'auberge était vide et où l'on ne s'attendait plus à voir de clients, le patron et sa femme s'en étaient allés à la ville, pour renouveler leurs provisions, et Margaret se trouvait seule dans la petite auberge. La nuit était venue, elle barricadait la porte, quand trois hommes se présentèrent et demandèrent à dîner. Ils arrivaient dans une petite voiture, que l'un d'eux poussa sous la remise, tandis que Margaret allait chercher une botte de foin pour le cheval. Puis, elle servit un pot de bière aux trois voyageurs et prépara leur dîner.

Par la porte entr'ouverte de sa cuisine, elle pouvait les examiner, ou plutôt examiner l'un d'eux, qui était jeune et avait une belle et énergique figure. Les deux autres approchaient de la quarantaine, et Margaret les avait classés dans la catégorie des négociants qui vont de ville en ville débiter leur marchandise. C'était la clientèle courante de l'auberge.

En passant dans la salle à manger, où ils s'étaient attablés, elle vit une boîte assez grosse, divisée en nombreux petits tiroirs, ces boîtes de bijoutiers qui sont les mêmes dans tous les pays, et que les deux hommes âgés avaient placée entre eux. Le jeune, assis en face d'eux, faisait des comptes, tandis les deux autres buvaient.

Ce jeune homme avait produit une vive impression sur Margaret; elle ne pouvait détacher ses yeux de lui. Souvent, elle voyait ainsi passer des voyageurs dont le visage la séduisait; elle les servait mieux que les autres, y gagnait un meilleur pourboire et une tape sur la joue : c'était ses jours d'éclaircie, au milieu de son uniforme vie de travail. Jamais, cependant, l'impression n'avait été aussi forte.

Elle comprit, à la conversation des trois hommes, que les deux vieux étaient associés et que le jeune leur avait procuré des affaires, sur lesquelles il allait toucher un courtage, dont il établissait justement le compte.

— Eh bien! cria l'un d'eux, ce dîner?

— Vous êtes arrivés tard, gentlemen, répondit-elle sans se troubler. Un peu de patience!

— Alors, montrez-nous une chambre à deux lits; nous nous installerons.

Elle les conduisit au premier étage; les deux associés portaient leur boîte de bijoux. Le jeune homme était resté dans la salle. Quand Margaret redescendit, elle lui jeta, en passant, un joli regard. Lui aussi la regarda et prononça :

— La belle fille!

Elle disparut en rougissant dans sa cuisine, et elle s'installa devant ses fourneaux, surveillant le dîner, remuant ses sauces, songeant au gentil voyageur. Soudain, elle le sentit tout près d'elle, l'effleurant de son haleine. Elle se retourna juste à temps pour recevoir un baiser.

— Insolent ! fit-elle.

Mais elle était flattée. Elle ajouta :

— Prenez garde! Si les autres descendaient!

— Bah! répliqua le voyageur, ils en ont pour une heure à préparer leur installation de nuit, ils ont tant peur d'être volés!... Comment vous nommez-vous, la belle fille?

— Margaret. Et vous?

— Moi?... Moi, je n'ai pas de nom pour vous; je suis un

voyageur qui passe, mais un voyageur qui peut vous laisser une jolie trace de son séjour ici!

— Vous allez vite en galanterie, mon gentleman.

— Il ne s'agit pas de galanterie, la belle !

Le visage du voyageur avait aussitôt perdu sa gentille expression; ses yeux étaient devenus durs, ses lèvres se serraient.

— Parlons vite et bien, la belle ! Combien gagnez-vous par an ici?

— Cent dollars, mon gentleman.

— C'est peu pour un joli visage comme le vôtre.

— Mais il y a les pourboires des voyageurs.

— Et à combien se montent les pourboires des voyageurs, ma belle enfant?

— Bon an mal an, à une cinquantaine de dollars.

— Cela fait donc cent cinquante dollars. — Voulez-vous en gagner autant en une soirée?

L'offre parut si belle à Margaret qu'elle demanda naïvement:

— Vous n'allez pas au moins me proposer de voler ?...

— Voler! prononça le voyageur d'un air de souverain mépris. Voler ! A quoi bon ?...

Et il se mit à rire.

— Ah! ah! la belle, parce que j'accompagne des marchands de bijoux, vous avez cru ?...

Elle avoua, d'un signe de tête, qu'elle avait cru cela en effet. Et le rire du voyageur redoubla :

— C'est plus simple que cela, ma belle ! — Nous sommes seuls, n'est-ce pas, dans l'hôtellerie?

— Oui, mon gentleman

— Et les patrons ne reviennent ?...

— Que demain.

— Nous n'avons pas une vertu pas trop farouche ?

— Oh !...

Et elle fit mine de s'éloigner.

— Là, là, ne nous fâchons pas, la belle. On ne vous demandera rien de bien grave. Y a-t-il du bon whiskey à la cave?

— Du vieux de quinze ans.

— Vous en servirez après le dîner. Et que ce dîner soit bien épicé !

— Après, mon gentleman ?

— Nous ne faisons plus la méchante ?... Bien, Margaret !
Ayez toujours présente à l'esprit cette vérité que deux cents
dollars sont une belle somme. En voici la moitié... Et le reste,
avant que minuit ait sonné !

— Ah ! vous me tentez, murmura-t-elle.

Il lui glissait les cent dollars, qu'elle empocha prestement.

— Après quelques verres de whiskey, vous viendrez dans
la salle. Ces deux bijoutiers sont très entreprenants, ils ont la
manie de plaisanter les servantes d'auberge ; mais je vous
donne ma parole d'honneur que ça ne tire jamais à consé-
quence...

— Ce n'est pas à eux que je permettrais d'aller loin, fit
Margaret en coulant un gentil regard au voyageur.

— Mon enfant, répliqua celui-ci en lui appliquant un gros
baiser sur la nuque, je ne le leur permettrais pas non plus !
Donc, vous laisserez aller leurs galanteries ; et, quand ils
perdront un peu la tête et que... des cartes apparaîtront sur
la table...

— Je partirai ?

— Partir, Margaret ! partir au moment où j'aurai tant
besoin de vos jolis yeux !... Ces deux bonshommes sont
joueurs, ils m'ont gagné beaucoup d'argent ; c'est notre seule
distraction, de jouer dans nos voyages. Et vraiment, ce n'est
pas juste que des richards comme ceux-là gagnent l'argent
d'un pauvre diable comme moi... d'autant qu'ils doivent s'entendre entre eux pour me flouer...

— Et vous voulez leur rendre la pareille ?

— Ai-je tort ?

Margaret eut un sourire vicieux.

— Comme ils voudront vous avoir auprès d'eux, il vous
sera facile de regarder leurs cartes et en remuant la main
gauche de me dire s'ils ont du noir, et en remuant la main
droite de me prévenir s'ils ont du rouge...

— Oh ! mon gentleman ! dit-elle, frissonnant un peu

— Si la partie est bonne, j'irai jusqu'à deux cent cinquante
dollars, Margaret ! Si c'est du pique ou du carreau, la main au-
dessus de l'épaule ; si c'est du cœur ou du trèfle, la main au-
dessous de l'épaule. Pour le roi, l'œil gauche fermé, pour la
dame l'œil droit ; pour le valet les yeux fixes, pour l'as les
deux yeux fermés ; pour le dix la bouche ouverte, et, pour le
reste des petites cartes, la bouche fermée...

A mesure qu'il parlait, il faisait les gestes, et Margaret, après avoir eu une dernière hésitation, l'imitait. Et, plusieurs fois, il lui fit répéter sa leçon. Elle rougissait bien de devenir une mauvaise femme ; mais cinquante guinées sont une magnifique somme, et le tentateur était un bien joli garçon !

Oh ! cette partie de cartes, que de fois Margaret la revit dans ses rêves, et dans les plus beaux moments de sa fortune ! Et elle la revoyait même encore, lorsque, dans un salon parisien, les élégants la comblaient d'amabilités. Elle revoyait ces deux gros négociants à la fois excités et alourdis par l'eau-de-vie, n'ayant plus leur tête à eux, lui serrant la taille à tour de rôle, lui débitant leurs galanteries, et jouant sottement, se laissant dépouiller, tirant de leur portefeuille des banknotes, qui allaient régulièrement s'empiler devant le jeune voyageur, et, de temps en temps, disparaissaient dans ses poches... Depuis, l'existence de Margaret n'avait été qu'une longue suite de ces escroqueries, de ces vilenies ; mais aucune ne lui avait laissé l'impression ineffaçable de la première, son début dans le mal.

Le lendemain, les trois voyageurs partirent comme si rien d'anormal ne s'était passé ; Margaret entendit seulement l'un des vieux dire au jeune :

— Malepeste, Dickson, vous avez eu de la chance, hier !

— Vous savez que je suis à votre disposition pour une revanche, répondit tranquillement le jeune homme.

Dickson profita du moment où les deux associés chargeaient eux-mêmes leur caisse de bijouterie sur la voiture, pour venir embrasser Margaret.

— Sommes-nous contente ?

— Je le serais bien davantage, si vous m'enleviez d'ici ! répondit-elle franchement.

— Il n'y a donc pas d'amoureux dans le pays ?

— Pas un, mon gentleman. Et, si mauvaise opinion que vous puissiez avoir de moi, je vous affirme que jamais un homme n'a eu un baiser de moi !

Dickson la contempla quelques instants d'un œil très sévère, très dur.

— On verra, dit-il.

Et il partit. Mais deux jours après, il revenait. Le jeune aventurier avait été très frappé par la beauté de Margaret, il avait deviné l'élégance et la grâce qu'aurait cette jolie fille débarrassée de sa livrée de servante et métamorphosée en dame ; et il revenait, non pour chercher une amoureuse, mais pour prendre une associée, une complice.

— Avec une femme, se disait-il, rien à craindre comme, lorsqu'on est forcé de travailler avec d'autres hommes ; on est lié par le même intérêt...

Il enleva donc Margaret et s'empressa de la conduire à New-York pour en faire une dame. Et, quand il l'eût plus complètement étudiée, qu'il l'eût reconnue réellement intelligente, capable de l'aider toute sa vie, il l'épousa. Et dès lors commença, pour cet honnête ménage, l'existence la plus brillante que pussent rêver deux ambitieux partis de si bas.

Le jeu est le même dans tous les pays, et toutes les maisons de jeu se ressemblent, à New-York comme à Paris. Tant que le monde tournera, il existera, dans les grandes capitales, des salons ouverts au premier venu, garnis de jolis meubles et de jolies femmes, où les naïfs se laissent conduire, où l'on danse, où l'on s'amuse, où l'on ne trouve pas de vertus trop rebelles, mais où il faut payer son écot en perdant au jeu. Dans ces salons, les tables de jeu se dressent comme par enchantement, tout d'un coup, entre deux danses, ou après souper ; le naïf croit se trouver dans une maison un peu trop aimable, mais à peu près honnête, et il est dans un tripot, où des femmes ou des amis intéressés l'ont habilement conduit, et où l'on a l'air de s'y prendre honnêtement pour le dévaliser. M. et Mme Dickson tenaient une de ces maisons. Ils avaient âprement économisé sur leurs premiers gains, ramassés, un peu partout, au hasard des salles de jeu installées dans les villes d'eaux ou les bains de mer, jusqu'au jour où ils avaient pu s'établir grandement, dans un bel hôtel, avec un grand train.

Au milieu de cette vie honteuse, une fille était née au ménage Dickson. Et cette fille, élevée avec le plus grand soin, dans une des institutions les plus sévères d'Amérique, était devenue l'objet de toutes les préoccupations des deux époux.

Edith ignorait absolument de quelle façon s'était bâtie la fortune de son père : elle le supposait mêlé à « de grandes affaires », comme il le disait avec un imperturbable sérieux. Jamais elle n'avait paru dans ces salons louches où s'amassait rapidement sa dot. Elle ne quittait sa pension que pour voyager avec ses parents ou passer une saison aux bains de mer ; elle

traversait à peine leur maison. Et lorsque son éducation
fut terminée, son père lui annonça que sa mère allait la conduire en France et que lui-même irait les retrouver dès que
ses affaires seraient un peu liquidées. Il avait encore besoin
d'une année de travail pour atteindre au chiffre de fortune
qu'il avait rêvé.

Miss Édith était donc partie, chaperonnée par son estimable mère, à la conquête de Paris. Et M. et Mᵐᵉ Dickson
espéraient bien couronner leur honorable vie par une de ces
magnifiques alliances qui font rage en Amérique.

« Je serai large sur le chapitre de la dot, avait écrit
Dickson à M. Baradoux en lui confiant sa femme et sa fille ;
mais je veux au moins un marquis et, autant que possible, un
nom historique. »

Un nom historique!... S'il fallait satisfaire les exigences de
toutes les Américaines, les annales de l'histoire de France n'y
suffiraient pas.

III

M. DICKSON

Les relations entre Dickson et Baradoux remontaient à
plusieurs années, à l'époque où l'Américain avait organisé,
lui aussi, un semblant de maison de banque. Dickson ne faisait
d'ailleurs qu'un seul genre d'opération : il escomptait les billets des joueurs qui n'avaient pas pu solder leurs dettes au
comptant, ce qui arrivait assez souvent à des étrangers, à des
Français, à de jeunes attachés d'ambassade pris au dépourvu.
C'est là que Baradoux avait rendu les plus grands services à
Dickson : il le renseignait sur la valeur pécuniaire des jeunes
Parisiens qui allaient excursionner en Amérique, et les renseignements de Baradoux avaient toujours été d'une exactitude
parfaite. Il en était résulté une estime réciproque entre ces
deux honorables personnages : ils ne s'étaient vus qu'une fois;

mais cette unique fois leur avait suffi à l'un et à l'autre pour se juger.

— Quel malheur que ce finaud-là ne soit pas en Amérique ! avait pensé Dickson.

— Quelles belles affaires on entreprendrait avec un tel associé ! s'était dit Baradoux. Comme on exploiterait bien Paris !

Baradoux n'avait un peu modifié son jugement sur Dickson que lorsque celui-ci lui confia ses projets d'avenir pour sa fille. Il méprisait si complètement les jeunes décavés, à qui il prêtait de l'argent, qu'il ne comprenait pas qu'un homme raisonnable en voulût un pour gendre. Il faillit écrire à Dickson, lui faire la morale, essayer de le détourner de cette folie ; mais il se ravisa :

— Chacun a ses faiblesses, se dit-il. Moi, j'ai mes collections.

Saturnin Baradoux était un grand collectionneur, en effet, et un vrai connaisseur. Il avait, d'ailleurs, débuté à Paris comme petit employé chez un marchand de bric-à-brac. Et la manie du bibelot avait été sa seule passion. Il ne fumait pas, il ne jouait pas, il n'était pas marié, il n'avait pas de maîtresses. Sa seule joie, une fois ses affaires terminées, était de passer son temps au milieu de ses bronzes, de ses tableaux, de ses vieilles boiseries, de ses mille bibelots accumulés lentement avec le goût le plus sûr ; car ce gredin était, en art, un vrai délicat. On voit de ces anomalies.

— Du moins, songea-t-il, si Dickson fait une sottise, nous tâcherons qu'elle n'ait pas de trop mauvaises conséquences.

Et il avait soigneusement éloigné de miss Edith tous les prétendants tarés ; et il avait manœuvré sourdement, sans dévoiler son idée à l'Américaine, jusqu'au jour, où, par ses soins, le marquis de Villepreux s'était trouvé comme par hasard en face de mistress Dickson. Et, du premier coup, ses petites machinations avaient réussi. Sans savoir où on le menait, Honoré de Villepreux était tombé à demi amoureux de la mère d'Edith. A cette époque, son fils se battait bravement au Tonkin ; et on aurait prodigieusement étonné le marquis si on lui avait dit que ce n'était pas à lui qu'on en voulait, mais à Frédéric.

Et Saturnin Baradoux croyait qu'il tenait la victoire, au lendemain de cette partie de campagne, terminée par un bal, où Frédéric avait été présenté à Edith. Edith avait été franchement séduite par la grâce, l'élégance du dernier descendant des Villepreux ; et Frédéric s'était montré aussi aimable qu'on peut l'être un jour de présentation, surtout quand on ignore que cette présentation a un but parfaitement déterminé.

La baronne de Vauchelles avait prêté, sans le savoir, sa villa de Marly-le-Roi à cette dernière manœuvre.

Et, le lendemain, mistress Dickson, toute joyeuse, douillettement étendue dans le boudoir attenant à sa chambre, revoyait toute sa vie, tout le chemin parcouru depuis la petite auberge du Connecticut, son existence interlope, sa fortune si honteusement amassée, et les succès obtenus dès son arrivée à Paris, tous les salons ouverts à elle, une aventurière, à sa fille, la fille d'un bas croupier de jeu, et des marquis, des princes refusés parce qu'ils n'offraient pas assez de garanties ; et enfin le couronnement, ce mariage superbe qui se préparait.

Un Villepreux !

Quoique aimant peu les lectures sérieuses, elle avait, depuis quelques mois, pioché l'histoire de France : elle s'était convaincue que ces Villepreux y occupaient une grande place, que le premier avait accompagné Godefroy de Bouillon en Terre Sainte et que ses descendants avaient été ministres, cardinaux, maréchaux, amiraux, qu'un d'eux était classiquement mort sur l'échafaud en 1793, après avoir accompli des prodiges de bravoure dans la guerre de l'indépendance américaine, — ce qui la flattait beaucoup et lui semblait d'un excellent augure pour le mariage de sa fille. Un seul point la choquait : ce bâtard qui existait dans la famille et qui avait continué la lignée à partir de François Ier ; mais elle excusait cette légère déviation en considération du héros de la guerre d'Amérique.

— Je vais écrire à Dickson qu'il peut arriver, se disait-elle ; j'aurai une lettre de lui aujourd'hui, c'est le jour du courrier...

Elle achevait à peine ces mots que la porte de son boudoir s'ouvrait ; et un homme d'assez belle taille, en costume de voyage, parut, le cigare à la bouche.

— Dickson ! s'écria l'Américaine, stupéfaite. Vous ! vous !

— Bonjour, Margaret, dit tranquillement Dickson, comme s'il avait vu sa femme la veille.

Il l'embrassa et s'assit.

— Vous permettez ? fit-il en montrant son cigare.

— Je devrais vous interdire ces libertés, prononça-t-elle en minaudant ; mais je suis si contente de vous revoir !

— Merci, Margaret! Je me suis tellement ennuyé, seul,
dans ce New-York, que j'ai pris l'habitude de fumer abomina-
blement.

M. Dickson aimait toujours sa femme, sans montrer beaucoup d'expansion, mais fidèlement, sérieusement. Il n'avait,
d'ailleurs, que trois amours : sa femme, sa fille et l'argent.

— Moi qui attendais, ce matin, une lettre de vous !

— Je suis arrivé au lieu de la lettre.

— A quelle heure ?

— Cette nuit.

— Et pourquoi n'êtes-vous pas venu tout de suite ici?

— J'y suis venu, j'y ai même couché, ma chère ; et je
vous remercie : mon appartement est très confortable, très
bien compris...

— Cette nuit ! prononça Margaret, abasourdie.

— Oui, par le dernier train du Havre. Quand je suis arrivé
ici, on m'a dit que vous passiez la soirée, peut-être la nuit,
chez la baronne de Vauchelles... Ils sont très bien vos domestiques : ils m'ont reconnu tout de suite.

— Votre portrait est dans le grand salon.

— Bref, je les ai prévenus que je voulais qu'on ne vous
dise rien ; et je suis monté me coucher. Je vois que vos gens
ont bien suivi mes ordres, ils auront la gratification que je
leur ai promise. Décidément, il n'y a que Paris pour être bien
servi...

— Vous étiez fatigué?

— Non, mais je pensais que vous le seriez, vous. Et j'ai
remarqué que les femmes ne sont qu'à moitié aimables au
retour d'un bal...

— Si elles n'ont pas eu de succès, mon ami.

— Et vous en avez eu?

— Follement... du moins, Edith !

— Vous allez me conter cela... Le bruit de votre voiture
m'a réveillé ; je vous ai vues de ma fenêtre. Tous mes compliments sur vos chevaux ; mes compliments aussi sur votre
hôtel ; je l'ai visité ce matin, tout y est très réussi : mon million a été bien employé. Et cette avenue du Bois de Boulogne
me plaît ; j'en ai assez de New-York. Et, notre fille mariée, si
cela vous va, nous terminerons nos jours ici, honnêtement.

Rien ne pouvait faire plus de plaisir à Margaret qu'un

compliment de son mari; aussi, se leva-t-elle et vint-elle vers
Dickson, les bras tendus. Il jeta son cigare pour se laisser
embrasser, puis en alluma un autre en demandant :

Et un homme d'assez belle taille, en costume de voyage, parut; le
cigare à bouche. (Page 22.)-

— Et ma fille? A quelle heure daigne-t-elle se lever? Sa
femme de chambre m'a déclaré que, les lendemains de bal,
elle n'osait pas pénétrer chez elle sans avoir été appelée.
— J'ose, moi! dit Margaret.

Elle courut dans la chambre d'Edith et ramena la jeune fille, encore à demi endormie, boutonnant sa robe d'intérieur.

Et Edith se jeta au cou de son père avec assez d'effusion pour que l'Américain fût récompensé des gros sacrifices qu'il avait faits pour elle dans cette année. Elle était décidée à avoir

Et, s'éloignant un peu de sa fille, il l'examina des pieds à la tête.
(Page 25.)

pour lui toutes les chatteries, toutes les tendresses : elle commençait à bien connaître la vie parisienne et savait que, pour la marier, il devrait faire encore des sacrifices plus gros, « se saigner à blanc », comme disait Baradoux.

— Allons, s'écria Dickson, je m'aperçois que Paris ne vous a gâtées ni l'une ni l'autre !

Et, s'éloignant un peu de sa fille, il l'examina des pieds à la tête.

— Vous, ma fille, vous avez diantrement gagné, et je comprends, sans peine, tous les succès dont vous me parlez dans vos lettres. — Maintenant, retournez à votre toilette, je sais que c'est une chose importante...

Edith lui envoya un baiser des deux mains et disparut en souriant.

— Cette petite a l'air vraiment satisfait de me revoir, dit l'Américain à sa femme.

— Elle vous adore, mon ami. N'est-ce pas tout naturel?

— Je ne vous dis pas; mais elle a toujours vécu loin de nous, et je sais plus d'une jeune fille qui n'aime, dans ses parents, que les millions amassés par eux.

Brave et honnête Dickson! Il aurait peut-être fait un peu moins l'éloge de son enfant s'il avait entendu Edith, revenue dans son cabinet de toilette, s'écrier :

— Ce cher papa, il faut s'y prendre bien gentiment pour lui soutirer ses millions!

Si M. Dickson avait son plan, Mlle Dickson avait aussi le sien, qui était fort simple : il consistait à si bien enjôler son père que celui-ci, en la mariant, lui abandonnerait toute sa fortune... ou à peu près, afin qu'elle pût mener un train de princesse; et, quant à lui, il était encore assez jeune et assez audacieux pour s'en refaire une autre. Tandis qu'elle ruminait, dans sa jolie tête, cette généreuse pensée, son père, s'étendant sur le canapé où il avait trouvé sa femme à son arrivée, prononçait joyeusement :

— Je crois que nous n'avons plus qu'à nous reposer et à faire, grâce à notre fille, souche d'honnêtes gens.

Mistress Dickson avait sonné.

— Que voulez-vous? demanda son mari.

— Ma femme de chambre.

— Pour vous aider?

— Mais oui.

— Ma chère, passez-vous donc ce matin de votre camériste, que nous puissions causer tranquillement. Que diable! fit-il en goguenardant, vous saviez autrefois vous habiller sans femme de chambre...

— Permettez au moins qu'elle me coiffe!

— Soit. Pendant ce temps, je vais bavarder avec Baradoux. Où est le téléphone?

— Il y en a un dans la salle à manger et un second chez vous.

Dickson descendit, en homme heureux, dans les appartements de réception, pressa sur le bouton du téléphone et, en attendant qu'on lui répondît, examina les bibelots, les meubles, les pendules. Et le résultat de son examen fut cette phrase :

— Les gaillardes s'entendent joliment à faire sauter les dollars que je leur ai si dignement gagnés !

Mais bientôt la sonnerie retentissait, et on le mettait en communication avec Baradoux.

— Allô, allô, c'est bien vous, monsieur Baradoux?

— Oui ; mais je ne reconnais pas votre voix, madame...

Dickson eut un gros rire et se fit connaître. Baradoux éclata de rire à son tour.

— Vous êtes donc à Paris?

— Arrivé de cette nuit.

— Quand nous verrons-nous?

— Ce matin. Venez déjeuner avec nous.

— Entendu. Permettez que je vous quitte ; j'attends justement le marquis de Villepreux.

— Oh ! Très bien, alors. Et ça marche?

— Admirablement.

— Je vous laisse. A tout à l'heure.

Et Dickson remonta chez sa femme, que sa cameriste achevait de coiffer.

Dès que les deux époux furent seuls, la femme minauda :

— Savez-vous que vous me ridiculiseriez si l'on apprenait que vous pénétrez chez moi pendant que je fais ma toilette?

Dickson caressa sa longue barbiche noire, qui lui donnait un peu l'aspect d'un bouc, et haussa les épaules.

— Il y a si longtemps que je ne vous ai vue, Margaret! Et nous avons à causer. Baradoux va venir déjeuner ; racontez-moi donc, auparavant, tout ce qui se passe.

— Baradoux vous le racontera beaucoup mieux que moi, mon ami. Il y a, dans cette vie parisienne, des choses que seul un Parisien peut expliquer. L'essentiel, c'est que tout marche exactement comme vous le désirez.

— Alors, ce Villepreux?

— Est charmant !

— Réellement de vieille noblesse?

— Si noble, mon ami, qu'en épousant notre fille, il nous anoblira tous.

— Parfait !

Puis, regardant béatement sa femme :

— Combien ça vaut-il, cette robe?

— Je n'en sais rien, Dickson.

— Ah! vous achetez sans compter?

— Ma couturière n'oserait pas m'envoyer sa note.

— Et... vous avez beaucoup de robes ainsi, dont on ne vous a pas envoyé la note?

— Pas mal, répondit Margaret, qui agrafait un peu péniblement son corsage.

— Très bien, fit Dickson, philosophiquement. Et, naturellement, il en est de même pour les chapeaux?

— Naturellement, mon ami.

— Ainsi que pour les robes et les chapeaux d'Édith?

— Vous pensez bien que nous avons les mêmes faiseuses.

— Il me semble, pourtant, que je vous avais adressé des sommes spéciales pour ces dépenses, remarqua l'Américain, sans le moindre signe de mécontentement, du reste.

— Nous avons dû les garder pour notre argent de poche.

— Et... vous n'avez pas fait d'économies là-dessus?

— Pas la moindre.

— Sapristi ! Je vois que si votre couturière vous fait de jolies robes, elle oublie d'en coudre les poches.

Margaret quitta sa glace à trois pans, dans laquelle elle donnait un dernier coup d'œil à sa toilette, et s'approcha de son mari en faisant la moue.

— Est-ce que vous me gronderiez, mon ami?

— Moi? fit l'Américain, toujours souriant; pas le moins du monde. Seulement, il faut bien que je me mette au courant. Je ne désapprouve qu'une chose, c'est le système des dettes.

Margaret prit son mari par la main et le fit asseoir bien gentiment auprès d'elle; et, le regardant avec câlinerie :

— Mon ami, si vous habitiez Paris, vous sauriez qu'on y est d'autant plus estimé qu'on s'y fait faire de longs crédits. Vous tenez, je pense, à l'estime des Parisiens?

— J'y tiens d'autant plus que je ne saurais prétendre à celle de mes compatriotes.

— Chut; imprudent! Les domestiques parisiens sont d'excellents serviteurs; mais ils ont la manie d'écouter aux portes.

Dickson passa son bras autour de la taille de sa femme; et l'attirant contre lui, il dit tout bas :

— Ma petite Margaret, vous rappelez-vous le temps où nous n'avions pour fortune que vos beaux yeux... mon audace ...et mon adresse?

— Mon cher, fit mistress Dickson, que c'est de mauvais goût de rappeler de tels souvenirs!...

— Eh non! cela m'amuse de penser que la petite Margaret est une grande dame, que les salons de ce fameux Paris lui sont ouverts, qu'on se dispute l'honneur de devenir son gendre...

— Oh! on se dispute... murmura l'Américaine, on se dispute... Ça dépend du point de vue auquel on se place; et j'ai peur qu'il ne vous en coûte très cher de vous payer un gendre!

— Bah! prononça Dickson; en ce monde, tout n'est que marchandise, et le gendre titré est une marchandise chère...

— Plus chère peut-être que vous ne croyez.

— Bah! Avec un bon million!

— Ce ne sera pas suffisant.

— Il en faudra deux?...

— Peut-être davantage, prononça tout doucement Margaret.

— Bigre! s'écria Dickson en se levant.

— Mon ami, murmura sa femme en le forçant à se rasseoir auprès d'elle, je vous ai dit que votre correspondant, M. Baradoux, vous expliquerait toutes ces choses bien mieux que moi...

— Mais, savez-vous que votre hôtel, votre installation et votre première année de séjour à Paris m'ont déjà coûté un peu plus d'un million?... Et vous avez des dettes!...

— Dickson, répliqua sa femme sans se troubler, la considération s'achète très cher à Paris.

— Aussi cher que les gendres?

— Enfin! Vous n'êtes pas ruiné, je pense, pour avoir dépensé un million?

— Non, parbleu! répliqua naïvement Dickson, puisque j'en ai encore dix.

Un joyeux sourire éclaira le visage de Margaret; elle ne croyait pas la fortune de son mari aussi belle.

— Ça a donc bien marché depuis que j'ai quitté New-York? demanda-t-elle.

— Fort bien, heureusement. En dehors de la maison, de

jolies spéculations ! J'ai gagné, cette année, le million que
vous avez si gentiment dépensé; mais, maintenant, il faudra
être un peu plus raisonnable...

Et il se disposait à gronder très doucement sa femme,
lorsqu'on vint leur annoncer que M. Saturnin Baradoux était
arrivé.

IV

UNE AFFAIRE

Dickson allait descendre aussitôt, il lui tardait prodigieusement de voir le banquier. Sa femme l'arrêta un instant.

— J'ai l'habitude, devant votre correspondant, de parler
très couramment de vos mines d'argent, de vos chemins de
fer, de vos grandes entreprises...

— Et il a l'air d'y croire? prononça Dickson en riant.

— Pourquoi n'y croirait-il pas, puisqu'il n'est jamais allé
en Amérique?

— C'est une raison...

— Parlez donc de vos mines, de vos diverses entreprises
pendant le déjeuner... Ce que vous direz sera ainsi répété par
vos domestiques et ce soir dans tout Paris.

— Soit ! — Vous n'avez pas d'autre recommandation à
faire à votre Yankee de mari?

— Évitez de prononcer le nom de l'avenue que nous habi-
tions à New-York. Il est venu tant de Français chez nous..
Si l'un d'eux allait nous reconnaître, nous dénoncer?...

— Dénoncer... quoi? s'écria Dickson, avec une superbe
hauteur. Rassurez-vous, ma chère, mes précautions sont
prises. Dès que vous avez été parties pour la France, j'ai
vendu la maison, me réservant seulement les bénéfices de cette
dernière année. Depuis un an déjà, l'établissement ne marche
plus sous l'étiquette Dickson... Et, à l'autre bout de New-York

j'ai acheté un amour de cottage, un pied-à-terre, pour ne pas descendre à l'hôtel quand nous voudrons nous retremper sur la bonne terre des États-Unis... Enfin, Margaret, si l'un de vos gandins parisiens se permettait de reconnaître en nous les propriétaires de ces salons de jeu où on les détroussait si proprement... morbleu !

Il eut un rire sardonique :

— Je n'ai pas fait que fumer pour me distraire, Margaret ! J'ai bien occupé mes loisirs ; et je suis d'une terrible force, à l'épée comme au pistolet. Je ne vous parle pas de la carabine ; elle n'est pas encore de mode ici.

Margaret se sentit toute rassurée et descendit radieuse avec son mari.

Baradoux avait conservé un souvenir assez précis de son ami Dickson ; cependant, il lui sembla que le Dikcson d'aujourd'hui était plus présentable que le Dickson d'autrefois. Le visage de l'Américain, jadis ravagé, torturé par la passion de l'argent, par les inquiétudes du jeu, était maintenant calme, heureux ; Baradoux avait vu jadis un Dickson maigre, dégingandé, avec des traits de démon sous sa chevelure d'un noir de jais, avec des yeux profonds, très noirs, sans cesse traversés par des éclairs, un nez effroyablement maigre, des lèvres serrées... Et le Dickson d'aujourd'hui avait un léger embonpoint ; ses cheveux grisonnaient, ses yeux étaient doux, son nez s'était rempli, ce qui avait diminué sa longueur ; sa large bouche, surmontée d'une lèvre épaisse soigneusement rasée, avait une expression de parfaite bonhomie.

— Bonjour, mon cher monsieur Baradoux.

Il s'avançait, les deux mains tendues, vers le banquier, et le secoua à l'américaine.

— Enchanté de vous voir, monsieur Baradoux.

— Enchanté de mon côté, répliqua le banquier en se dégageant de l'étreinte de l'Américain. Et vous arrivez joliment à propos.

— C'est mon habitude, dit joyeusement Dickson. A table ! Il me tarde de goûter la cuisine parisienne.

Le déjeuner était servi ; on passa dans la salle à manger.

Baradoux, offrant son bras à mistress Dickson, lui glissa à l'oreille :

- Il est encore un peu yankee, votre mari.

— Je le corrigerai.

— Gardez-vous-en ; c'est un genre comme un autre pour « empaumer » les Parisiens.

Dickson avait offert son bras à sa fille et lui faisait des compliments sur sa coiffure, sur ses cheveux qu'il ne se figurait pas aussi fins, aussi adorablement nuancés — il ignorait toutes les ressources que Paris offre aux coquettes — sur sa robe, une merveille de légèreté, une étoffe à fleurs qui l'enveloppait comme un bouquet. Edith avait déployé toutes ses séductions : elle voulait faire bien entièrement la conquête de son père, le rendre fier de son élégance, de son luxe.

Jamais la salle à manger de mistress Dickson n'avait vu repas aussi gai. Dickson, à peine à table, se mit à bavarder, à raconter son voyage et de joyeuses histoires américaines. Il riait bonnement, faisait rire les deux femmes et amusait beaucoup M. Baradoux. Il était heureux. Le valet de pied, qui faisait le service, observait tout, écoutait tout et, de temps en temps, quand il descendait à la cuisine, affirmait que le patron était vraiment une pâte d'homme. Au dessert, Dickson se mit tout à coup à parler, avec un sang-froid imperturbable, d'un accident survenu dans un tunnel qu'il faisait percer pour sa ligne de chemin de fer... un éboulement qui avait causé la mort d'une vingtaine d'ouvriers...

— Pauvres gens ! murmurèrent Edith et sa mère.

— J'ai donné les ordres nécessaires pour que leurs familles ne manquent de rien, déclara Dickson d'un ton compatissant.

— Je suis plus heureux dans mes mines d'argent, ajouta-t-il ; tout y est si bien organisé, si bien prévu, que les accidents sont très rares.

Saturnin Baradoux ne manifesta pas la moindre surprise ; il mangeait ses confitures, en homme que rien ne saurait étonner, pas même les accidents qui surviennent dans des mines qui n'existent pas. — Le déjeuner terminé Dickson, l'air un peu plus sérieux, demanda :

— Où peut-on causer... *sûrement*, ma chère amie ?

— Chez vous. Votre cabinet est arrangé de façon que personne ne puisse surprendre ce qui s'y dit. D'ailleurs, je surveillerai moi-même les alentours...

— Parfait. Venez-vous, monsieur Baradoux ?

— Aux affaires sérieuses ! s'écria le banquier en se levant.

Les deux hommes se rendirent dans le cabinet de Dickson, pièce meublée à l'orientale, avec d'épais tapis, d'épaisses tentures ; Édith les y suivit, leur portant des liqueurs et une boîte de cigares. Elle avait décidé qu'elle servirait ainsi son père tous les jours ; et Dickson y fut très sensible. Tandis qu'elle disposait une petite table, qu'elle ouvrait une boîte de cigares, qu'elle versait la bénédictine de M. Baradoux et le whiskey de son père, l'Américain la dévorait des yeux.

— Un baiser, petite ?

Elle coula ses bras autour de son cou et l'embrassa tendrement. Et, quand elle fut partie, Dickson s'écria :

— Voyez-vous, cette gamine, elle m'a ensorcelé !

— Elle en a ensorcelé bien d'autres, répliqua Baradoux en sirotant son verre de liqueur.

— Un cigare, monsieur Baradoux ?

— Non, merci.

Dickson disposa une pile de coussins sur le divan, rapprocha la table du divan et s'étendit.

— Monsieur Baradoux, vous avez la parole.

Le banquier s'était assis dans un de ces fauteuils qui vous prennent tout, et il examinait très attentivement l'Américain.

— Mme Dickson vous a déjà raconté?... prononça-t-il.

— Rien du tout. Elle a voulu vous laisser le plaisir de me tout dire ; elle prétend qu'il y a des choses si... compliquées que, seul, un Parisien peut les exposer. Je vous écoute donc... Ma femme m'a seulement parlé de ses dépenses ; et, entre nous — vous savez que je ne suis pas avare — il me semble qu'elle a marché un peu vite...

— Peuh ! fit Baradoux, un million ! Pour acheter un hôtel, des chevaux, des voitures, vivre un an et donner quelques fêtes !

— Alors, vous trouvez qu'il n'y a là rien d'exagéré ?

— Non, dit tranquillement Baradoux, non ; quand on a, derrière soi, une mine d'argent et une ligne de chemin de fer, avec des tunnels où l'on perd une vingtaine d'hommes d'un seul coup !...

Dickson se souleva un peu sur son divan et éclata franchement de rire.

— Mon cher monsieur Baradoux, dit-il, vous avez une façon d'envisager les choses qui m'amuse vraiment.

Et il s'étendit de nouveau, en ajoutant :

— Maintenant, causons de choses sérieuses, s'il vous plaît.

Le banquier, enchanté de son petit effet, réfléchit quelques minutes, puis :

— Je vous avoue que, lorsque j'ai reçu la lettre dans laquelle vous me dévoiliez vos projets, j'ai d'abord songé à vous en détourner...

— Et pourquoi?

— C'est que, marier votre fille... dans les conditions que vous m'indiquiez, c'était jouer une partie dangereuse.

— J'en ai joué de plus dangereuses !

— Non! monsieur Dickson, non ! Vous ne savez pas ce que c'est que de donner sa fille... et sa fortune à un gentilhomme ruiné. Il faut avoir pratiqué, comme moi, la belle jeunesse qui tient le haut du pavé parisien, pour comprendre tous les dangers d'une semblable opération...

— Expliquez-moi donc ces dangers, monsieur Baradoux...

Le banquier se versa un second verre de bénédictine et commença imperturbablement son cours de vie parisienne.

— J'ai particulièrement étudié la matière mariable à Paris... Je passe ma vie à rendre service à des jeunes gens qui escomptent toujours un beau mariage, qui me payent péniblement les intérêts des sommes avancées, et ne me remboursent jamais que sur la dot de leur femme. Si donc j'avais tout simplement suivi vos instructions, je me serais contenté de pousser Mme et Mlle Dickson dans le monde... Et votre fille serait déjà mariée. Plusieurs jeunes gens m'ont déjà demandé de les aider à faire sa conquête ; elle pourrait déjà être marquise ou comtesse... même princesse. Seulement, voici les conditions dans lesquelles elle le serait. Prenons pour exemple le prince de F..., qui espérait bien l'épouser et l'a serrée de près. Ce joli monsieur a dix-sept cent mille francs de dettes....

— Bigre ! fit Dickon.

— Plus un sou de fortune personnelle.

— Alors... de quoi vit-il?

— Cela ne nous regarde pas.

— Et... on le reçoit dans le monde?

— Cela nous regarde encore moins.

— Il est joli votre monde parisien !

Baradoux s'arrêta et fixa son regard perçant sur les yeux de Dickson. Ce dernier ajouta :

— Après tout, je m'en moque. Continuez.

— Le prince en question a un appétit formidable. Très séduisant, d'ailleurs, et si malin qu'il aurait vite fait votre conquête. Vous lui auriez donné, au bas mot, un million...

— C'est gentil.

— Vous ne vous en seriez pas tiré à moins.

— Et il aurait payé ses dettes avec mon million?

— Erreur, cher monsieur Dickson! Sur votre million, il aurait à peine distribué cent mille francs d'acompte à ses créanciers, pour leur faire prendre patience ; et il aurait dépensé le reste en dix-huit mois, deux ans. Et votre fille l'y aurait aidé de toutes ses forces.

— Ma fille?

— C'est une des plus séduisantes, mais des plus insatiables mangeuses d'argent que j'aie rencontrées dans ma vie...

— Edith!

— Je ne vous fâche pas, au moins? Je puis parler en toute franchise?

— Allez donc! Mais je commence à me demander si je n'aurais pas mieux fait de la marier en Amérique.

— Peut-être! — Seulement, vous n'auriez pas eu les petits amusements de la vie parisienne. Je continue : le million mangé, les créanciers auraient cruellement montré les dents; et, comme on ne dépense jamais un million sans faire à côté quelques jolies dettes, au bout de deux ou trois ans du mariage de votre fille, vous vous seriez trouvé en face d'un capital de dettes d'environ trois millions...

— Pardon! Mon gendre se serait trouvé...

— Non. Pas votre gendre. Vous!

— Aurait-il au moins rendu ma fille heureuse, à ce prix? interrogea Dickson en grimaçant.

— Oui. Et c'est le plus grave. Il se serait bien permis quelques fantaisies, quelques maîtresses; mais il aurait eu l'habileté de ne pas se brouiller avec sa femme, ni avec le père de sa femme, c'est-à-dire avec la source aux millions!

— C'est qu'elle n'est pas intarissable, la source aux millions, déclara Dickson de plus en plus grimaçant.

— Un gendre comme le prince aurait évidemment trouvé le moyen de la tarir. Après ces trois millions, il aurait entamé

le quatrième... et le cinquième... et ainsi de suite, jusqu'au
dernier de ceux que vous avez amassés dans vos mines
d'argent...

— Ma petite Margaret, vous rappelez-vous le temps où nous n'avions
pour fortune que vos beaux yeux? (Page 29.)

— Ne blaguez pas, monsieur Baradoux.
— J'ai si peu blagué, mon cher monsieur Dickson, que
j'ai arrêté tout mariage de ce genre. J'ai mieux que tout cela
à vous proposer : une affaire splendide...

— Les Villepreux?
— Oui.
— Un nom... historique?
— Vous n'avez qu'à relire un peu votre histoire de France.
— Je ne l'ai jamais lue, je m'en rapporte à vous.

Dickson disposa une pile de coussins, rapprocha la table du divan et
s'étendit en faisant des nuages de fumée. (Page 33.)

— Comme gloire, et gloire réelle, il n'y a pas mieux dans les jeunes gens à marier.
— Combien de dettes?
— Pas un sou!
— Vous avez dit?...
— Pas un centime!
Dickson fut si profondément stupéfait qu'il laissa tomber son cigare.

— Je croyais que nous parlions sérieusement, monsieur Baradoux?

— Très sérieusement.

— Et un jeune homme aussi noble, aussi honorable, épouserait Mlle Dickson, de préférence à une Française... de vieille famille comme lui? Sacrebleu, il y a bien encore des jeunes filles en France?...

— Accordez-moi donc une minute d'attention : la situation de la famille Villepreux est très spéciale ; et, s'il n'y avait que le fils, ce mariage ne se ferait jamais...

— Mais il y a... le père? interrogea Dickson, tout fier de sa perspicacité.

— Tout juste.

— Et... c'est par le père que nous aurons le fils?

— C'est cela.

— Très fort, monsieur Baradoux, très fort. Je n'aurais jamais songé à une aussi jolie combinaison.

— On ne connaît pas une seule défaillance parmi les ancêtres des Villepreux, reprit Baradoux, et on n'en aurait probablement jamais connu si le frère du marquis actuel n'était mort, assez dramatiquement, à la suite d'un incident de salle d'armes. Il y a de cela un peu plus d'une vingtaine d'années. Son frère Honoré lui succéda dans son titre de marquis et dans la possession de toute sa fortune ; il lui succéda même dans l'amour d'une jeune fille que leur mère destinait à l'aîné, et qui lui apporta une fortune rondelette de deux millions. Le nouveau marquis était joueur, et vous savez ce que c'est qu'un joueur...

Dickson eut l'air de ne pas comprendre cette allusion ; il allumait encore un cigare.

— Si joueur, continuait Baradoux, qu'il ne mit que quelques années à éparpiller la fortune de sa femme sur les tables de jeu et les champs de courses. Puis il entama sa fortune personnelle, ou du moins la fortune de sa mère, dont elle avait eu l'imprudence de lui laisser l'administration, jusqu'au jour où il fut totalement ruiné...

— Et jeta sa famille dans la misère?

— Pas tout à fait. Sa mère possédait encore son hôtel, une des plus anciennes, des plus aristocratiques demeures de Paris, habitée par les Villepreux depuis Louis XIV... Une merveille, mon cher monsieur Dickson, que la vieille mar-

quise parvint à conserver et qu'elle habite toujours... Un
escalier de pierre, avec une rampe de fer forgé qui est admi-
rable, des salons magnifiques, des boiseries, des boiseries,
monsieur Dickson... Ah! ces boiseries!...

Le collectionneur l'emportait chez Baradoux sur l'homme
d'affaires, à la pensée de ces boiseries comme il n'en possédait pas, quoiqu'il eût fait des folies pour couvrir son cabinet de panneaux Louis XIV.

Dickson se passait béatement la main dans sa longue barbiche : il se promenait déjà dans l'hôtel des Villepreux.

— Malheureusement, monsieur Dickson, les meubles
furent vendus : et vous aurez une idée de l'importance de
cet hôtel quand je vous aurai dit que cette vente produisit
un capital suffisant pour faire vivre toute la famille.

— Le marquis s'est donc rangé?

— Quand je parle de sa famille, je n'y comprends pas le
marquis. Il ressemble si peu à tous les siens que c'est à se
demander s'il est bien un descendant des Villepreux. Non, le
marquis ne se rangea pas. Il eut l'air de se repentir pendant
quelques mois; mais bientôt je le vis arriver dans mon bureau
— je débutais alors — pour m'emprunter de l'argent. Et je
l'obligeai, en me disant qu'il me servirait un jour ou l'autre.
Puis, ne pouvant se contenter de ce que je lui avançais, il se
lança dans une foule d'affaires, d'entreprises, qui l'ont conduit
à l'impasse où il se débat aujourd'hui. — C'est ici que je vous
prie de me prêter toute votre attention : le marquis est dans
une situation terrible...

— Il doit beaucoup d'argent?

— Beaucoup; mais cela ne suffirait pas. Il doit non seulement beaucoup d'argent, mais il est... compromis dans deux
affaires...

— A la veille de faire faillite?

— Mieux que cela, monsieur Dickson; à la veille d'être
déféré au Parquet pour faux et abus de confiance.

— Jolie famille!

— Halte-là, monsieur Dickson ! Écoutez-moi donc jusqu'au
bout. Je ne vous ai pas encore parlé de son fils : Frédéric de
Villepreux est un très digne héritier de son grand nom, un
parfait galant homme. Et je connais tant de fripons que je
vous prie de croire que je m'y connais en honnêtes gens...

— Allez, allez !

— Voici donc ma conclusion : avec un des nombreux gendres qu'on vous proposera, votre fille sera trompée et, fort probablement, ruinée un jour. Si elle épouse M. Frédéric de Villepreux, cela vous coûtera cher avant le mariage, car nous n'y arriverons qu'en dégageant entièrement la situation de son père ; mais, du moins, vous connaîtrez le chiffre de la carte à payer. Et, le lendemain du mariage, vous n'aurez plus rien à craindre : vous trouverez dans votre gendre la délicatesse des gentilshommes de jadis. Vous assurerez le bonheur de votre fille... Et vos millions ne courront plus aucun risque. Mieux vaut, selon moi, perdre un peu avant que beaucoup après !

— C'est donc un oiseau bien rare que ce Villepreux ?

— Un héros ! Il revient du Tonkin, où il s'est battu admirablement. Il est bon, généreux, tendre... et, ce qui est préférable à tout, de l'honnêteté la plus raffinée.

Dickson réfléchit un instant, puis dit :

— Il y a du vrai dans tout ce que vous venez de me raconter ; cependant j'ai besoin de méditer un peu sur toute cette jolie corruption parisienne, que vous m'avez fait entrevoir... Nous autres Américains, nous ne sommes pas très ferrés sur la vieille civilisation européenne. Il y a des coquins chez nous ; mais ils n'atteignent pas à un tel degré de raffinement... Une seule chose me semble bien claire dans mon bon sens pratique : c'est que, si ce M. Frédéric de Villepreux est bien tel que vous le dépeignez... il n'épousera pas Mlle Dickson.

— Cela, c'est mon affaire, répliqua Baradoux avec un mauvais rire.

— Permettez-moi de vous demander votre plan.

— C'est trop juste ; car, si nous l'exécutons, j'aurai, moi, à vous demander une somme assez rondelette.

— Combien ?

— Ce n'est pas encore fixé. — Je vous ai dit que le marquis de Villepreux était sur le point d'être compromis...

— Eh bien ?

— Pour cela, il faut qu'on le dénonce...

— Et qui le dénoncera ?

— Les gens qu'il a trompés, les gens de la confiance desquels il a abusé.

— Il faut les en empêcher ! s'écria vivement Dickson.

— Justement ; mais, pour cela, il faut les désintéresser, et je ne sais pas encore combien cela vous coûtera.

— Bon. — Et après ?

— Après, nous tiendrons en main les preuves de l'infamie du marquis de Villepreux...

— Très bien, cela. Et vous espérez que... pour sauver son père...?

— Le fils en passera par où nous voudrons !

X

ANXIÉTÉ

Une anxiété, sans cesse grandissante, régnait à l'hôtel de Villepreux, depuis le jour où, sur les instances de son fils, Honoré avait consenti à écrire à Jean Renaud la lettre qui devait apporter un si prodigieux changement dans sa vie.

Tout de suite, la jeune marquise avait dit à la douairière :

— Honoré a consenti bien vite à écrire à M. Renaud. J'ai peur...

— Tu crains donc... quelque trahison ?

— Hélas !

— Mon fils ne t'y a que trop habituée, ma pauvre enfant!... Mais toi, tu serais toute prête à consentir à ce mariage ?

— De tout mon cœur! avait répliqué Juliette avec élan. Je sens si bien que ce jeune homme assurerait le bonheur d'Henriette! Et, quoi qu'il arrive, je vous déclare, ma bonne mère, que je ne regrette rien de ce que j'ai fait : c'est moi qui ai fourni à ces deux enfants l'occasion de s'avouer leur amour...

— C'était imprudent !

— C'était sage, ma mère. Ils s'aiment, ils savent qu'ils s'aiment... N'est-ce pas le meilleur obstacle qu'ils puissent opposer aux projets de mon mari? Et je ne veux pas que mes enfants souffrent ! Ce qui m'a donné le courage de tout supporter jusqu'ici, c'était la pensée qu'un jour je devrais être là, pour défendre mes enfants ! L'heure est venue ; je suis prête !

— Sois tranquille, ma chère Juliette, je t'y aiderai !

Pendant ce temps, Frédéric s'était glissé à pas de loup dans la chambre de sa sœur et l'avait surprise agenouillée.

Il s'avança jusqu'à elle, lui mit les mains sur les yeux comme un bandeau, et dit :

— Je gage que cette fois ce n'est pas pour son frère que priait Mⁿᵉ Henriette ?

Elle se releva en rougissant; Frédéric la prit par la taille, et elle laissa aller sa jolie tête sur les épaules de son frère.

— Raconte-moi bien tout, dit-elle.

— En style militaire, répondit-il, la tranchée est ouverte, nous avons donné la première attaque ; et, d'abord repoussés, nous avons fini par faire une brèche dans la place... En style mondain, papa, sans d'ailleurs s'engager à rien, a bien voulu écrire à Jean Renaud pour lui demander des renseignements précis sur sa famille... Dès qu'il les aura reçus, il prendra sa décision...

— O mon Dieu, s'il allait ne pas consentir !

— Tu l'aimes donc bien... mon ami Jean?

— C'est de ta faute, Frédéric ! C'est toi qui m'as appris à l'aimer... Tiens, lorsque je savais que vous alliez vous battre, dans ce maudit Tonkin, je ne connaissais pas encore ton ami... et pourtant... je tremblais pour lui comme pour toi...

— Tu n'es pas jaloux, au moins?

— Moi? Je vois déjà un frère en lui ! — Et... cela ne te chagrinera pas de quitter ce beau nom de Villepreux pour t'appeler... tout prosaïquement Mᵐᵉ Renaud?

— Méchant ! Est-ce que le nom d'un héros peut être prosaïque? Mon Dieu ! Mon Dieu ! Que rien n'aille se mettre maintenant en travers de mon bonheur !

— Eh! ma chérie, ne nous alarmons pas à l'avance. Attendons la réponse de ton fiancé.

— Mon fiancé ! prononça Henriette d'une voix profondément émue. Mon fiancé ! Que je serai fière le jour où je pourrai l'appeler ainsi devant tout le monde !

— Et... le jour où tu pourras l'appeler ton mari ?

Henriette ne répondit pas ; elle cacha son visage dans le sein de son frère.

Hélas! le lendemain, puis deux jours, puis trois jours

s'écoulèrent sans que Jean Renaud donnât signe de vie.

Sur la demande du marquis, personne ne parlait de lui ouvertement ; mais, tous les soirs, Henriette se glissait dans la chambre de son frère, pour s'entretenir de celui qu'elle aimait.

Elle commença à s'inquiéter le second jour ; et, le soir du troisième, pendant sa causerie avec son frère, elle eut un moment de désespoir.

— Comment expliquer ce silence ?...

— Je ne sais, petite sœur... La discrétion me commande de ne pas me présenter chez mon ami jusqu'à nouvel ordre... Peut-être s'est-il absenté ?

— Pourquoi n'a-t-il même pas accusé réception de sa lettre à notre père ?

— Ma chérie, ne t'inquiète pas, je t'en prie ; tu verras que ce retard s'expliquera demain de la façon la plus naturelle.

Le lendemain se passa encore sans nouvelles. Frédéric devenait nerveux, lui aussi. Si son ami n'écrivait pas à son père, du moins il aurait dû lui écrire, à lui, lui avouer franchement les difficultés qui avaient surgi ; car il ne pouvait douter que des difficultés n'eussent éclaté tout à coup.

Il se décida enfin à une démarche ; il oublia sa dignité pour pouvoir apporter une consolation à sa sœur, calmer son inquiétude. Et, le cinquième jour après l'envoi de la lettre du marquis de Villepreux, il se présentait chez Jean Renaud.

Le petit groom vint le recevoir, le visage tout attristé.

— Monsieur est-il chez lui ?

— Non, monsieur le comte.

— Bon, je repasserai... A quelle heure pourrais-je le voir ?

— Mais mon maître ne vient plus ici depuis cinq jours... depuis que madame est malade...

— Mme Renaud est malade ?

Et en prononçant ces mots, Frédéric eut un sentiment de joie égoïste. Et, avant même de demander si la maladie était grave, il se dit que cette maladie expliquait tout naturellement le silence de son ami.

— Mais elle est donc tombée malade... subitement ?

— Oui, monsieur ; on est venu chercher mon maître en toute hâte, et nous avons été bien inquiets, allez !

— Enfin... qu'a madame ?

— On ne sait pas au juste... une fièvre, je crois... On m'a

dit même qu'elle avait eu du délire... Bref, aujourd'hui, elle est un peu plus calme.

— Ah! tant mieux! Et votre maître ne vous a rien laissé pour moi?

— Non, monsieur. Il est parti comme un fou; et, depuis, il n'a pas quitté madame une minute.

Frédéric, rassuré sur le point qui l'intéressait le plus vivement, s'éloigna le cœur plus léger. Et il se rendit rue du Sentier, pour prendre des nouvelles de Mme Renaud. Une domestique vint lui répondre que le mieux se continuait; et Frédéric écrivit ces mots sur sa carte, à l'adresse de Jean :

« Je viens d'apprendre seulement votre chagrin, mon cher ami; et je vous affirme que, dans cette cruelle circonstance, comme toujours, je suis avec vous de tout cœur.

« F. DE V. »

Comme il descendait lentement le large escalier de la maison de lingerie, il remarqua la lourde tristesse qui régnait dans le célèbre établissement : il pouvait voir les magasins, dont les grandes portes vitrées ouvrent sur cet escalier, et, dans ces magasins, les vendeuses, les ouvrières, même les acheteurs, ne parlant que discrètement, formant de petits conciliabules, comme si une catastrophe publique eût éclaté.

Deux employées passèrent devant lui, se rendant de la manutention dans le magasin de vente, avec des corbeilles de jupons; et l'une d'elles dit :

— Pourvu que ce mieux se maintienne!

— Pauvre femme! répondit l'autre. Elle est si bonne!

Et Frédéric continuait de descendre, en murmurant :

— Comme cette femme est aimée!

Arrivé sous la voûte de la maison, il s'arrêta quelques instants pour regarder la cour où l'on chargeait deux camions, tandis qu'une troisième voiture apportait une énorme livraison de ces boîtes en bois léger où l'on met la lingerie. Malgré la maladie de la maîtresse de la maison, tout était si bien organisé que le travail marchait toujours; seulement, on le faisait plus silencieusement que de coutume.

Au moment où Frédéric passait dans la rue, il se heurta au général de Brettecourt qui pénétrait dans la maison.

— Mon général!...

— Capitaine!... Vous êtes venu prendre des nouvelles de Mme Renaud?

— Mais naturellement, dès que j'ai su qu'elle était malade; et j'espère que vous allez me renseigner un peu plus longuement que la servante qui m'a reçu?

— C'est que je ne sais pas grand'chose, affirma Brettecourt d'un ton bonhomme. Il y a cinq jours, Mme Renaud a été prise... brusquement... d'une fièvre très violente... Ce matin, elle allait un peu mieux.

— Et le mieux s'est maintenu, m'a-t-on dit. Mais... Jean vous reçoit, vous?

— Oui, répondit Brettecourt avec une nuance d'embarras; et... vous aussi, je pense?

— Je n'ai pas osé le demander.

— S'il avait deviné que vous viendriez, il aurait certainement levé la consigne... pour vous comme pour moi...

— Et... vous a-t-il dit à quoi il attribuait la maladie si soudaine de sa mère?

— Cela ne s'explique que trop facilement... Elle a été secouée par tant d'émotions!

— Des émotions... récentes? interrogea Frédéric avec anxiété.

Brettecourt hésita une seconde, puis dit :

— Anciennes et récentes... La pauvre mère a été très cruellement secouée pendant la campagne du Tonkin, et elle espérait que, du moins, son fils ne la quitterait plus... L'autre jour, elle a appris que la nomination de Jean comme sous-lieutenant était imminente, et cela lui a porté le dernier coup.

Brettecourt avait tenu à tout expliquer, sans faire la moindre allusion à la demande de mariage de Jean Renaud.

Il chargea ensuite Frédéric de ses compliments pour sa famille, puis s'engagea dans l'escalier.

Et Frédéric s'éloigna, très inquiet, malgré les explications que lui avait données Brettecourt.

Et il était tout désemparé lorsqu'il rentra rue Saint-Dominique et ne songea à se composer un visage un peu tranquille que lorsqu'il traversa la cour de l'hôtel.

Quand il entra dans le salon, il fut tout surpris de voir Mlle Florimont bravement installée auprès de la vieille marquise, non pas avec un manteau et un chapeau, ainsi qu'une personne qui fait une courte visite, mais dégantée et travaillant à une dentelle, comme au temps où elle venait passer ses après-midi à l'hôtel de Villepreux.

Louison le regarda en dessous, malicieusement, et lui dit bonjour du bout des lèvres.

Et, cependant, comme elle avait été heureuse lorsque Mme de Villepreux était venue la chercher à l'improviste, sous prétexte qu'Henriette voulait apprendre un point de dentelle que la fille du notaire exécutait dans la perfection !

La femme d'Honoré avait déclaré qu'elle était prête à défendre ses enfants : et elle agissait bravement, se servant de la seule arme qui lui permît de lutter contre son mari : de l'amour. Et, de même qu'elle avait favorisé une entrevue entre sa fille et Jean Renaud, de même elle voulait fournir à son fils l'occasion de revoir la petite Louison, dans la bonne intimité d'autrefois.

Mais, si Louison avait sauté de bonheur, le notaire avait fait une terrible grimace lorsque Juliette de Villepreux lui avait dit:

— Je vous enlève votre fille pour l'après-midi.

Il était bien décidé à rompre toutes relations avec les Villepreux ; et, si c'était un homme fort doux que M. Florimont, c'était aussi un homme fort têtu. Mais il n'avait pas su dire « non » à Mme de Villepreux. Il avait, pour cette pauvre femme, une si respectueuse sympathie ! Et il avait cédé... Et Louison se sentait toute réchauffée par les caresses de sa vieille marraine, par l'affection de la mère de Frédéric et les élans d'amitié d'Henriette.

Devant ce tableau de bonheur intime, Frédéric eut un sourire épanoui, un sourire qui mit un baume sur les petites blessures de Louison; car elle pensa qu'il y en avait une bonne part pour elle. Mais, hélas ! la joie de tous ces êtres qui s'aimaient si franchement fut de très courte durée. Frédéric s'était à peine assis, que le marquis de Villepreux pénétrait dans le salon. Il eut un bonjour charmant pour ses enfants, pour sa femme, pour sa mère; mais il sembla ne pas apercevoir Louison. Sa mère dut lui dire :

— Tu ne vois donc pas Mlle Florimont?

— Ah!... bonjour, mademoiselle, fit-il sèchement.

Et ce fut tout; il affecta de ne plus la regarder et ne lui demanda même pas des nouvelles de son père. La pauvre enfant se sentit le cœur tout serré... Elle eut cependant la force

de continuer de sourire : elle ne voulait pas que Frédéric vît
son visage attristé. Elle était coquette jusque dans sa douleur.

Frédéric raconta alors qu'il avait rencontré le général de
Brettecourt, et que celui-ci lui avait appris la maladie de
Mme Renaud. Il ne pouvait avouer la démarche qu'il avait
faite. Le marquis, qui, grâce à Guépin, était déjà fort bien
renseigné, parut très étonné et s'écria :

— Mais il faut faire prendre tout de suite des nouvelles
de cette pauvre femme !

— C'est ce que j'ai fait, mon père, dit alors Frédéric : elle
va un peu mieux.

Henriette respira... Toutes ses craintes s'envolaient... Le
silence de Jean Renaud ne s'expliquait que trop naturellement.

— Il est donc probable, dit Honoré, que nous ne verrons
pas ce jeune Renaud à la fête de mistress Dickson...

— Quelle fête ? interrogea brusquement Juliette de Villepreux, en lançant un regard méprisant à son mari.

— Une soirée musicale et dansante, répliqua tranquillement ce dernier, que va donner Mme Dickson pour fêter l'arrivée de son mari, et à laquelle nous sommes invités. Voici
les cartes d'invitation... J'en aurais fait adresser une à
M. Renaud...

Et il ajouta d'un ton légèrement persifleur :

— Cela vous aurait sans doute été agréable, ma chère
amie ?

Juliette faillit répondre que ni elle ni sa fille ne mettraient
les pieds chez cette Mme Dickson; mais, habituée depuis
longtemps à la patience, elle eut la force de réprimer son
indignation.

La vieille marquise, elle, ne sut pas se contenir.

— Qu'est-ce que c'est que ça... Mme Dickson ? interroge-
t-elle avec hauteur.

— Mme Dickson, répondit-il en souriant, est une très charmante Américaine, dont le mari, un des plus gros industriels
des États-Unis, a gagné... je ne sais combien de millions...
C'est avec leur fille, la plus ravissante jeune fille qu'on puisse
rêver, que Frédéric a conduit le cotillon chez Mme de Vauchelles...

En prononçant ces derniers mots, le marquis dirigeait ses

yeux vers Louison, et il eut la joie de constater que la fille du
notaire perdait contenance. La vieille marquise déclara :

— Si cousus d'or que soient ces Dickson, j'aime à croire
que ni ma belle-fille ni Henriette ne paraîtront à leur fête !

— Dans ce cas, répliqua Honoré toujours souriant, je me
contenterai d'aller chez eux avec mon fils ; car j'ai accepté...
pour lui comme pour moi.

— Capitaine !... Vous êtes venu prendre des nouvelles de Mᵐᵉ Renaud ?
(Page 45.)

Puis, mettant la main sur l'épaule de Frédéric :

— Venez-vous, mon cher ?

— Vous nous enlevez Frédéric ? dit Juliette.

— Il me semble que j'ai bien le droit, moi aussi, de posséder un peu mon fils ?

Frédéric se leva et suivit respectueusement son père.

Et, quand ils furent sortis, Louison se jeta en sanglotant
dans les bras d'Henriette.

VI

LA PRÉSENTATION

Au moment même où les deux hommes quittaient le salon de la douairière, Aristide Florimont arrivait devant l'hôtel des Villepreux, tout baigné de sueur.

Le notaire entrait dans l'hôtel en grommelant. (Page 50.)

— Il faut que j'en finisse, murmurait-il, il le faut! Ma reconnaissance pour Mme de Villepreux ne saurait aller aussi loin... Devant la ruine, je n'ai eu que des égards pour cette famille ; mais devant le déshonneur!...

Et, comme, dans son excitation, il marchait sans trop regarder devant lui, il se heurta contre la roue d'une victoria, qui stationnait à la porte de l'hôtel. En brossant la poussière que cette roue avait plaquée sur sa manche, il regarda, machinalement, un écusson peint sur la voiture, et reconnut les armes des Villepreux.

— Et une voiture maintenant! s'écria-t-il, épouvanté. Dans leur situation?... C'est complet...

Et il pénétra dans la cour de l'hôtel. Arrivé au perron, il se trouva en face du marquis et de son fils. Le marquis tenait Frédéric par le bras, bien affectueusement, et semblait tout joyeux. A la vue du notaire, les deux hommes firent le geste de saluer ; mais déjà le notaire s'était écarté et détournait la tête. Frédéric, stupéfait, allait lui parler ; son père lui dit :

— Laisse donc, mon petit. Tu sais bien que le bonhomme a ses lubies.

Et il entraîna Frédéric. Le notaire entrait dans l'hôtel, en grommelant :

— Oui, oui, les lubies d'un honnête homme !

Il ne sonna point ; il gravit l'escalier par deux marches, ce qui, chez lui, était le signe de la dernière agitation. Et il marcha droit au salon de la marquise. Là, il frappa, n'attendit même pas qu'on lui répondît, et entra. Il vit sa fille en larmes, eut un cri de colère, puis, devant le regard étonné de la vieille marquise, se sentit un moment embarrassé.

— Qu'avez-vous donc, Florimont ?

— Excusez-moi, madame, je viens chercher ma fille...

— Mais, monsieur, dit Juliette, je devais vous la ramener ce soir.

— C'est vrai, madame... Mais des incidents imprévus m'ont obligé à venir la chercher sans retard. Et je vois, à ses larmes, que je n'arrive que juste à temps. Viens, Louise !

Louison obéit, le cœur déchiré, osant à peine se demander ce que signifiait cette brusque intervention de son père. Le notaire salua respectueusement les dames de Villepreux et partit, entraînant sa fille comme s'il avait reconquis un trésor. Quand il arriva à l'entrée de la cour, il eut une sorte d'hésitation. Le marquis de Villepreux et son fils étaient encore là, attendant évidemment son passage.

— Je te défends de regarder ces gens-là, ordonna-t-il vivement à sa fille.

Et il poursuivit son chemin, détournant encore la tête.

Malgré la défense de son père, Louison jeta un regard suppliant à Frédéric ; elle le vit blême de colère, tandis que le marquis semblait radieux. Elle balbutia :

— Mon père, que fais-tu donc ?

— Mon devoir, en t'arrachant d'une maison où le déshonneur va entrer !

Ils avaient traversé la cour.

— Tiens ! ajouta-t-il, en lui montrant la victoria, quand je te disais que ce Frédéric suivrait les traces de son père ! Depuis longtemps déjà, les dames de Villepreux vont à pied ; mais cela ne pouvait convenir à l'héritier d'un tel nom : à peine arrivé à Paris, monsieur a sa voiture... Et cela, au moment même où son père est sur le point de...

Le notaire s'arrêta.

— Que veux-tu dire, mon père ?

— Ne m'en demande pas davantage !

— Parle, je t'en supplie...

— Tu n'apprendras toutes ces infamies que trop tôt ; et tu me remercieras alors...

Le marquis et Frédéric étaient aussi sortis de la cour ; ils virent le notaire qui filait, tirant sa fille, et qui disparut au coin de la première rue. Frédéric était navré.

— Je pense, dit froidement son père, que ma mère, ma femme et ma fille seront satisfaites...

— Mais je ne comprends pas...

— A quoi bon chercher à comprendre la conduite d'un sot... et d'un ingrat? Car enfin ce petit bonhomme doit tout à notre famille. Remarque, mon fils, que c'est la seconde fois qu'il vient chercher sa Louisette avec de grands airs d'indignation, comme si notre maison n'était pas digne de frayer avec la sienne... Bah !

Et le marquis eut un geste très dégagé.

— Occupons-nous d'affaires un peu plus sérieuses. Monte donc dans ta voiture, Frédéric.

— Ma voiture !

— Oui, mon cher. Je ne suis pas riche ; mais je veux que, pendant ton séjour à Paris, tu mènes un train digne de toi.

Il aurait fallu à Frédéric une âme surhumaine pour ne pas éprouver un peu de contentement devant un aussi joli cadeau.

— Oh ! mon père, balbutia-t-il.

Et, malgré la pénible émotion qui venait de le secouer, il ne put s'empêcher d'examiner sa victoria, tout à la dernière mode, d'une élégance parfaite ; le cheval noir, d'une fine race ; le cocher, très correct, vêtu de la livrée des Villepreux...

— Mais c'est une folie ! s'écriait-il.

— Pas du tout. — Après ton départ, nous renverrons
le cocher, je revendrai le cheval; je ne conserverai que la
voiture, qui porte tes armes, pour un nouveau congé... à
moins, ajouta-t-il finement, que ta situation de fortune ne se
soit si heureusement modifiée que tu ne puisses tout garder.
Allons, en route. — Vous nous menez au Bois, mon ami.

Frédéric regarda son père avec reconnaissance; pouvait-
il lui en vouloir de le gâter ainsi? Et, pendant le chemin,
jusqu'au bois de Boulogne, ils ne parlèrent pas. Frédéric
était tout au bonheur de cette jolie surprise; le marquis l'observait du coin de l'œil et se disait : « Je le tiens! » Dans
l'allée des Acacias, ils furent salués par une foule d'amis,
dont la plupart se demandaient par quel prodige le marquis
de Villepreux se promenait dans une voiture de maître,
mais qui furent unanimes à déclarer que son attelage était,
dans sa simplicité, une merveille de goût et de bon ton,
point qui les intéressait par-dessus tout. Tant mieux pour le
marquis s'il avait trouvé une nouvelle veine, au moment où
on le croyait près de sombrer! — Parmi ceux qui les saluèrent,
personne ne les examina plus attentivement, plus méticuleusement, que M. Dickson. L'Américain, dès le lendemain de
son arrivée, était devenu un habitué du Bois; et, pour mieux
éblouir les Parisiens, il avait offert à sa femme une nouvelle
paire de chevaux de vingt mille francs.

Vers cinq heures et demie, la famille Dickson avait
regagné son hôtel du bois de Boulogne; et déjà une vingtaine
de personnes étaient réunies dans le petit salon de l'Américaine, où miss Édith procédait, avec une légère nervosité, à
l'organisation de son *five o'clock tea.* Elle savait que c'était le
jour convenu, par l'entremise de Baradoux, entre son père et
le marquis, pour la présentation de Frédéric à l'Américain.
C'était après cette entrevue que son père déciderait si oui ou
non il voulait de lui pour gendre. Et Édith, sans éprouver
pour Frédéric une folle passion, se disait que l'existence serait
charmante avec lui.

Les deux Villepreux arrivèrent bientôt; et, tout de suite,
Dickson fut séduit par la grâce de Frédéric. Le marquis se
glissa près de mistress Dickson, ce qui ne pouvait que flatter
l'Américain; et Dickson, après les présentations, s'empara de
Frédéric et, pour causer avec lui, oublia toutes les personnes

présentes. Édith apporta au jeune officier la classique tasse
de thé, des tartines de pain beurré; l'Américain dit :

— Vous n'en mangiez pas toujours d'aussi fines au Tonkin ?

— Non, pas toujours, répondit Frédéric en souriant.

— Je ne me doutais guère, quand je lisais, dans les journaux, le siège de Tuyen-Quang, que j'aurais le plaisir de
causer avec un des héros...

— Oh ! monsieur, interrompit Frédéric très modeste.

Mais l'Américain le tenait; et il le força à raconter le siège
de Tuyen-Quang, puis toutes les actions auxquelles il avait
pris part. Selon son habitude, Frédéric n'en parlait que
très sobrement, sans rien dire de ce qu'il avait fait lui-même;
l'Américain buvait ses paroles; et Édith, qui était assise
pas loin d'eux, l'écoutait avec admiration. Il achevait la conquête de la jeune fille et faisait celle du père. Lorsqu'il se
retira avec le marquis, il n'y eut qu'un cri dans tout le salon :

— Il est charmant !

Deux minutes après, M. Dickson montait à son cabinet,
où était son téléphone personnel, et faisait appeler Baradoux.

Quand les communications furent établies, le banquier
demanda seulement :

— Eh bien ?

— Vous savez ce que signifient, en anglais, les mots :
all right?

— Parfaitement !

— Eh bien ! je n'ai pas à vous dire autre chose, mon cher
monsieur Baradoux, que *All right !*

— Vous n'hésitez plus ?

— Plus du tout ! Vous verrez le marquis ce soir ?

— Il doit venir chez moi après son dîner.

— Convenez bien tout, arrêtez bien tout, que le vieux fri-
pon ne nous joue pas de mauvais tour... Et à demain !

Baradoux attendit la fin de cette journée avec une certaine
anxiété. Lui, l'homme calme, il donna des signes d'agitation; il s'emporta contre un client qui lui empruntait de
l'argent et à qui il ne voulait plus en prêter, tandis que
c'était une règle absolue chez lui d'envelopper ses refus dans
une bonne grâce parfaite; il gronda son caissier, bouscula

son garçon de bureau. Ce n'était que pour la forme qu'il avait un caissier : le vrai caissier, c'était lui, comme il était son comptable; personne ne connaissait ses secrets. Il employait aussi un petit jeune homme pour faire des courses, retirer de chez les huissiers les billets qui n'avaient pas été payés par ses clients; mais c'était encore une besogne dont Baradoux préférait se charger quand ses occupations le lui permettaient. Le seul homme utile à Baradoux était son domestique, grand gaillard qui, le matin de très bonne heure, faisait son ménage et entretenait ses collections, et qui, à partir de dix heures, remplissait l'office de garçon de bureau. Il avait une qualité précieuse : il excellait, comme son maître, à renvoyer les clients sans les fâcher.

Baradoux n'eut pas, ce soir-là, le moindre regard pour ses collections : il était assis devant son bureau et vérifiait des papiers couverts de chiffres.

Vers dix heures, le timbre de l'entrée retentit; et, presque aussitôt, son domestique introduisait le marquis de Villepreux dans le cabinet du banquier. Le banquier ordonna :

— Que personne ne nous dérange!

Le domestique répondit par un geste rassurant et laissa les deux adversaires face à face; car c'était bien deux adversaires que ces deux êtres perdus par la corruption parisienne: ils allaient lutter, le sourire sur les lèvres, pour savoir qui, de l'Américain ou du marquis, tromperait l'autre dans la question du mariage d'Edith et de Frédéric.

Ce fut, du reste, avec la bonhomie la plus aimable que Baradoux offrit un fauteuil au marquis, tandis que lui-même se rasseyait de l'autre côté de son bureau, la main étendue sur ses papiers; et la conversation commença, roulant sur la beauté de miss Edith et sur les qualités de Frédéric. Lorsqu'ils se furent fait mutuellement assez de compliments, Baradoux, toujours bonhomme, aborda la question.

— Il est probable, presque certain même, que M. Dickson accordera à votre fils la main de miss Edith; toutefois, avant d'engager ces deux amoureux irrévocablement, il faut bien établir les conditions du contrat...

— Mais... le régime de la communauté me semble tout indiqué, prononça le marquis d'un ton dégagé.

— Ce n'est pas l'opinion de M. Dickson, répliqua tranquillement Baradoux. Et tenez, monsieur le marquis, ne per-

dons pas notre temps à finasser. En cette affaire, je dois vous
soutenir comme je soutiens M. Dickson : vous êtes mes clients
tous les deux... Je vous dois mes conseils. Eh bien ! monsieur
le marquis, si vous avez pris M. Dickson pour une grosse
brute de Yankee, vous vous êtes trompé. Sous son enveloppe
qui, je le reconnais, est un peu fruste, il a l'esprit le plus
délié... Il est roué comme un vieux Parisien. Je vais vous en
donner un exemple qui vous touche de très près.

Le marquis commençait à faire la grimace; Baradoux
continuait :

— Savez-vous quel est le premier individu qui ait été
informé, hier, de la situation... fâcheuse que traverse la
Compagnie de réassurances dont vous êtes président?...

Le marquis eut un léger tremblement.

— Mais, monsieur, dit-il, il ne s'agit pas ici de ma situation
personnelle...

— Pardon, pardon, déclara Baradoux très nettement. Je
vous ai dit qu'il était inutile de finasser : vous savez fort bien
que votre fils ne consentira pas très facilement à épouser
Mlle Dickson, puisqu'il est amoureux de Mlle Florimont...

— Mais cette amourette est finie, monsieur !

— Oui, je sais qu'il y a eu quelques... difficultés entre
vous et cet estimable notaire, — je vous prie de croire que je
suis toujours exactement renseigné, monsieur le marquis; —
mais ces difficultés n'ont pas détruit l'amour dont je vous
parle. Si votre fils consent donc à épouser la belle miss Edith,
c'est que vous lui aurez appris que vous êtes perdu, et que
ce mariage peut seul vous sauver.

Honoré eut un geste de révolte; puis, devant le regard
perçant de Baradoux, il baissa la tête. Le banquier poursuivit :

— Vous ne sauriez croire à quel point M. Dickson connaît,
ou devine quand il ne les connaît pas déjà, les dessous de la
vie parisienne. Il a déjà fait bavarder une foule de gens et
sait l'histoire de votre vie... aussi bien que moi.

— Si c'est vous qui l'avez renseigné ! murmura Honoré,
avec irritation.

— Pas du tout, monsieur le marquis. J'ai, au contraire,
atténué tout ce qu'on lui a raconté; mais il sait que vous avez
commencé par ruiner complètement votre famille...

— Il ne suppose pas, je pense, que si je possédais encore

ma fortune, je consentirais au mariage de mon fils, un Villepreux, avec une mademoiselle Dickson ?

— Pas de sot orgueil, monsieur le marquis! Nous ne
sommes pas ici pour faire un parallèle entre la noblesse et
l'argent, mais pour discuter les conditions d'une affaire.
M. Dickson sait que, pendant quelques années, vous avez
vécu d'emprunts, puis que vous avez essayé de regagner votre
fortune dans des spéculations qui ont été... malheureuses.

— Est-ce ma faute?... Ne m'avez-vous pas vous-même lancé
sur plusieurs combinaisons?...

— Distinguons, monsieur le marquis. Quand il m'est
raisonnablement devenu impossible de vous prêter de l'argent,
vous m'avez demandé de vous procurer des affaires où vous
pussiez vous servir de votre nom pour jeter de la poudre aux
yeux des nigauds... Je vous ai *signalé* plusieurs affaires, sans
vous en *recommander* aucune. Souvent même, je vous ai donné
des conseils... que vous n'avez pas suivis. Est-ce vrai?

Honoré ne répondit pas; il courba encore la tête.

— Donc, M. Dickson sait, dès maintenant, ce que tout
Paris saura bientôt, c'est-à-dire que, dans cette Compagnie de
réassurances, vous avez présenté des bilans fictifs, que vous
avez faussé des écritures, trompé des souscripteurs...

— Des exagérations! essaya de dire Honoré.

—Non, monsieur le marquis, l'exacte vérité! Vous pourriez
me répondre que beaucoup de gens respectés en ont fait autant;
mais ces gens ont réussi, et vous avez échoué. Vous êtes
aujourd'hui à la merci du premier souscripteur qui déposerait
une plainte contre vous... Il n'y a pas, d'ailleurs, que cette
affaire de réassurances; il y a aussi une écurie de courses
que vous avez dirigée autrefois... Encore une affaire lamen-
table, où vous avez perdu beaucoup d'argent, un argent que
vous n'aviez pas... Bref, monsieur le marquis, vous devez
dix-sept cent mille francs, et vous courez le risque d'être
traîné avant un mois en police correctionnelle...

Honoré était devenu d'une pâleur blafarde. Une colère
terrible grondait en lui; mais il n'osait plus se révolter : il
savait bien qu'il était perdu et qu'il ne pouvait se sauver que
par le mariage de son fils. Baradoux reprit :

— Ne voyez dans mes paroles aucun blâme, mais la
simple constatation d'un fait. Et rappelez-vous que je n'ai pas
hésité à vous avancer l'argent nécessaire pour que votre fils

pût se présenter convenablement chez Mlle Dickson. Enfin, je n'aurais pas hésité non plus à imposer à M. Dickson le régime de la *communauté* pour le mariage de sa fille... si lui-même n'avait appris tout ce que je viens de vous dire...

— Enfin... que veut-il, ce Yankee?

— Voici, dit Baradoux en martelant bien tous ses mots. Remarquez que les choses se passeront de telle façon que vous n'aurez à vous humilier devant aucun membre de votre famille ; vous aurez simplement une petite lutte à soutenir contre Mme votre mère, au sujet de l'hôtel... Et encore pourrez-vous arriver au résultat par la douceur...

Baradoux se mit à feuilleter ses papiers.

— J'ai ici un état très exact de vos dettes...

— Vous êtes décidément bien informé, cher monsieur Baradoux.

— Très bien, je vous l'ai dit. Je connais, à dix mille francs près, la situation financière de tous mes clients. Quand les grands banquiers ont besoin de renseignements, c'est à moi qu'ils s'adressent...

Baradoux parlait maintenant avec un superbe dédain, en homme qui vient de vaincre.

— Voici donc sur quelles bases se fera le mariage de votre fils. Premier point : vos dettes seront payées par M. Dickson, et vous vous engagerez formellement à ne plus vous lancer dans aucune affaire financière. Second point : Mlle Édith recevra en dot un million, sous le régime dotal le plus rigoureux. Troisième point : votre fils devra apporter en dot votre hôtel de la rue Saint-Dominique...

— Mais il appartient à ma mère !

— A vous de la décider ! On ne chassera d'ailleurs personne de votre demeure ; il n'y aura qu'une jeune mariée et une grosse fortune en plus...

— Jamais ma mère ne consentira...

— Si vous connaissez d'autres moyens de vous tirer de l'impasse où vous vous êtes fourré, dit tranquillement Baradoux, libre à vous de refuser, monsieur le marquis !

VII

LES REMORDS D'UN FILS

La conquête du Tonkin a eu et aura sans doute encore beaucoup d'adversaires en France ; mais elle n'en a jamais eu et n'en aura jamais de plus acharné que ne l'était maman Renaud.

— Oh ! ce Tonkin ! ce Tonkin ! répétait-elle continuellement.

C'était ce Tonkin la cause de tous ses malheurs.

Et elle les récapitulait, et plusieurs fois par jour, au milieu du surcroît d'occupations que lui causait la maladie de sa petite-fille ; car c'était maman Renaud qui, malgré son grand âge, dirigeait maintenant à elle seule la maison de lingerie de la rue du Sentier. Et justement, les commandes affluaient, ce qui empêchait la pauvre femme de passer tout son temps auprès de sa petite-fille comme elle l'eût désiré. Elle s'arrêtait continuellement, au milieu d'un compte, au milieu d'une lettre, pour ressasser dans sa mémoire la série de ses chagrins.

D'abord, cette idée de sa petite-fille d'acheter un hôtel à Jean, si loin de la rue du Sentier, puis de le lancer dans l'aristocratie ! Elles ne l'avaient pour ainsi dire pas possédé, depuis son retour ; il était toujours chez des baronnes, des duchesses...

— Tu verras, disait-elle à Marie, qu'il s'amourachera de quelque demoiselle qui nous fera souffrir !

Et cela n'avait pas manqué. Et le résultat était beau !...

Ah ! comme elle aurait grondé sa petite-fille, si elle ne l'avait vue faible, malheureuse, pleurant sans cesse, étendue sur son lit, dont elle n'avait pas encore bougé, toujours veillée par son fils.

Et maman Renaud se demandait comment à son âge elle-même avait pu résister à de telles émotions.

Quelle secousse en effet, le jour où l'on était venu lui dire :

— On rapporte madame... sans connaissance...

Ce jour de malheur où Jean, brusquement, par le téléphone avait demandé à sa mère la copie de son extrait de naissance.

Maman Renaud en avait voulu aussi à ce téléphone ; elle lui montrait le poing :

— Ce n'est bon qu'à vous apprendre les choses sans ménagement, comme un brutal...

Ce jour où elle avait vu sa petite-fille rapportée par le comte de Brettecourt, encore à demi-évanouie.

Elle avait voulu demander des explications ; c'était un peu sa manie à maman Renaud, que de vouloir beaucoup d'explications ; mais le général avait répliqué nettement :

— Plus tard, madame, plus tard !

Et il avait continué de monter l'escalier, avec son fardeau, ne permettant pas qu'on l'aidât. Puis, quand il eut déposé Marie Renaud dans sa chambre :

— Couchez-la, madame ; je me charge de faire prévenir son fils.

Elle avait obéi ; Brettecourt lui imposait beaucoup. Et, seule avec sa fille, la déshabillant, elle avait essayé de l'interroger. Marie ne répondait pas ; elle remerciait sa grand'mère par ses regards... Elle était toute secouée par de grands hoquets, des sanglots convulsifs... Et maman Renaud prononçait rageusement : — Oh ! ce Tonkin !... ces Villepreux !...

Car elle devinait ce qu'on ne voulait pas lui dire.

Par exemple, il y avait une chose qu'elle ne comprenait pas : que faisait le général dans tout ceci ? Marie était allée chez son fils... l'entrevue avait dû être horriblement cruelle... cela, c'était naturel... Mais pourquoi était-ce Brettecourt et non son fils qui avait ramené Marie ?

Enfin, lorsque la pauvre mère fut étendue dans son lit, ne parlant pas encore, mais pleurant plus doucement, un grand cri retentit. Jean, prévenu par un mot de Brettecourt, accourait comme fou.

— Ma mère ! ma mère chérie !

Le pauvre enfant se jeta à genoux devant le lit, saisit les mains de Marie et les couvrit de baisers.

— Oh! mère adorée, pardonne... Pardonne à ton méchant enfant...

Elle avait cessé de pleurer aussitôt qu'elle avait vu son fils, et elle sourit :

— Mon fils! prononça-t-elle.

Il faut être mère pour comprendre l'expression d'amour,

—Pardon, pardon, déclara Baradoux très nettement, je vous ai dit qu'il était inutile de finasser. (Page 55.)

d'orgueil qu'il y avait dans ces deux mots. Elle demanda ensuite :

— M... de... Brettecourt?

— Il est là... Tu veux le voir?

Elle fit signe que oui; car elle ne parlait que très difficilement. Jean se releva et alla chercher le comte.

— Mon général?

Brettecourt entra sans aucune gêne; et ses yeux se portèrent sur Marie Renaud avec une telle expression de tendresse que maman Renaud en fut toute stupéfaite. De son côté, la malade le regardait avec un bonheur indicible. Il s'approcha

du lit et contempla Marie quelques instants sans parler. Puis
il expliqua les choses ainsi :

— Je revenais au cercle militaire, lorsque j'ai vu passer la
voiture de votre mère, mon cher Jean. Mme Renaud semblait
si désolée que j'ai pris la liberté de faire arrêter sa voiture...

— Oh! ce Tonkin! ce Tonkin! répétait-elle continuellement. (Page 58.)

Elle m'a demandé alors de l'accompagner jusque chez elle...
Et elle m'a confié les motifs de sa douleur...

Il jugeait que le moment de dire toute la vérité à Jean
Renaud n'était pas encore venu; il ajouta solennellement :

— Jean, je croyais vous bien aimer; et, cependant, depuis
une heure, je vous aime si profondément que je ne pourrais
pas vous aimer devantage si vous étiez mon fils... J'aime et je
vénère votre mère comme j'aimerais et vénérerais ma mère
si elle vivait encore!

Puis, souriant à la vieille grand'mère :

— J'espère que maman Renaud me permettra de l'aimer aussi et de la respecter comme si je faisais partie de la famille?

En ce moment, l'admiration de maman Renaud pour le général de Brettecourt grandit de cent coudées. Et Jean, qui jusqu'alors avait été anéanti, éprouva une impression de relèvement. Ce témoignage d'estime, rendu à sa mère par l'homme qu'il respectait le plus au monde, mettait un baume divin sur sa cruelle blessure. Marie Renaud prit la main de son fils et la plaça dans celle de Brettecourt. Et :

— Mon fils, si je mourais...

— Tais-toi! interrompit furieusement maman Renaud.

— Oh! fit Marie avec un sourire céleste, je ne veux pas mourir; mais, si je mourais, mon fils, aime bien M. de Brettecourt et écoute-le comme tu aurais écouté ton père...

Puis elle demeura silencieuse, portant ses regards de sa grand'mère à son fils et de son fils au général. Et bientôt elle s'assoupissait. Brettecourt voulut partir alors; Jean le retint sur le seuil de l'appartement.

— Pardon, mon général, Il faut que vous me disiez...

Brettecourt fronça légèrement les sourcils : il s'attendait bien à cette demande d'explication; mais il espérait qu'elle n'aurait lieu que le lendemain et qu'il aurait eu le temps de réfléchir à ce qu'il devrait dire.

— Mon général, vous avez connu mon père?...

La demande était trop franche, trop nette, pour que Brettecourt pût hésiter.

— Oui, répondit-il.

Jean fut secoué par un grand frisson. D'autres questions venaient à ses lèvres : avait-il le droit de les poser? Et Brettecourt aurait-il le droit d'y répondre?

— Mon général, que de choses j'ai à vous demander!... Me le permettez-vous?

— Cela dépendra, dit Brettecourt d'une voix encourageante. Et, si je vous réponds, ce sera à la condition que jamais nous ne reparlerons de ces choses et surtout que vous n'en parlerez plus à votre mère... jusqu'à nouvel ordre...

— Oh! je vous le jure bien facilement! Si vous saviez comme je me repens, comme j'ai le cœur déchiré!... Moi, avoir fait souffrir ma mère adorée, ma mère si bonne!... Par moments, même, je maudis cet amour qui a causé tout cela...

J'aurais dû deviner, éviter toute ma vie d'imposer à ma mère
ce cruel aveu...

— Ne regrettez rien, Jean. S'il en a été ainsi, c'est que
Dieu l'a voulu. Interrogez-moi donc, et je vous répondrai...
si je le peux.

— Mon père... est-il vivant?

— Si votre père avait vécu, votre mère n'eût jamais été
abandonnée !

— Ah ! que vous me faites du bien en me révélant cela ! Il
m'aurait été si cruel de maudire le nom de mon père... Pouvez-vous me dire son nom?

— Cela, c'est impossible. Ni votre mère ni moi ne vous
l'apprendrons... du moins maintenant. Et n'interrogez pas
votre grand'mère ; elle croit savoir la vérité et ne la sait qu'à
demi...

— Mais... je la saurai un jour?

— Sans aucun doute.

— Du moins, pouvez-vous me dire s'il était bon, noble,
généreux?

— Votre mère l'eût-elle aimé sans cela?...

— Pauvre cher père ! murmura Jean. Comme je l'aurais
aimé aussi ! — Et, dans Paris, quelqu'un connaît-il ce secret?

— Personne que moi... Courage, mon enfant ! Laissez-moi
désormais conduire votre vie... Attendez et espérez !... Vous
avez confiance en moi?

— Comme en ma mère !... comme en Dieu !... Dites-moi
alors quelle conduite je dois observer vis-à-vis de la famille
de Villepreux? Ne dois-je pas écrire loyalement au marquis?...

— Non ! interrompit énergiquement Brettecourt. Rien...
jusqu'à nouvel ordre.

— Je vous obéirai, mon général. A demain.

— A demain ; je vous consacrerai désormais toutes mes
heures de loisir.

Après quelques jours de fièvre, de larmes et parfois de
délire, l'état nerveux de Marie Renaud commença à s'apaiser.
Et, au bout d'une semaine, elle pouvait se lever. Elle était
très affaiblie, mais pleinement heureuse.

Ce fut justement le jour où Frédéric de Villepreux vint
prendre des nouvelles de la malade. Jean montra son petit
mot à M. de Brettecourt, en demandant:

— Faut-il en parler à ma mère?

— Oui, et tout naturellement.

Et ils montrèrent la carte de Frédéric de Villepreux à Marie Renaud. Elle eut un léger coup d'émotion, mais se remit tout de suite.

— S'il revient prendre de mes nouvelles, dit-elle, tu pourras le recevoir. N'est-ce pas, monsieur de Brettecourt?

— Sans doute.

Jean fut très étonné, mais n'osa pas le manisfester devant sa mère. Seulement, lorsqu'il reconduisit Brettecourt, il le consulta anxieusement :

— Vous nous conseillez... réellement... de recevoir Frédéric de Villepreux?

—Evidemment; c'est votre meilleur, même votre seul ami...

— Après... ce qui s'est passé entre nous?

— Mais il ne s'est rien passé du tout.

— Nos relations ne doivent-elles pas se briser à la suite de mon silence vis-à-vis de son père?

— Réfléchissez, mon enfant. Vous ne pouviez répondre immédiatement à la lettre de M. de Villepreux; vous aviez besoin de consulter votre mère. Or, votre mère est tombée malade, subitement, au moment même où vous alliez la consulter... Tout se trouve donc, non pas rompu, mais en suspens...

— N'est-ce pas prolonger une situation... pénible?

— Qui vous dit qu'elle ne se dénouera pas tout à votre honneur?...

Une lueur d'espoir passa dans les yeux de Jean.

—Ah! si vous pouviez dire vrai !

— Recevez donc Frédéric; menez-le à votre mère, si elle à la force de supporter la visite d'un étranger, et qu'il ne soit question de rien entre votre ami et vous, *de rien!* Sachez attendre, mon enfant!...Et espérez !

Jean passa une nuit terrible, cherchant vainement à s'expliquer le mystère que lui cachaient sa mère et Brettecourt.

Et le lendemain, il était tout fiévreux, lorsqu'on lui remit encore la carte de Frédéric.

— Tu peux recevoir ton ami chez moi, lui dit sa mère.

— Tu ne crains pas de fatigue?

— Non, non; et je serai très heureuse de voir M. de Villepreux.

Jean alla au-devant de son ami, horriblement gêné, ne sachant de quelle façon l'accueillir. Frédéric lui tendit ses deux mains et lui dit, avant même de le saluer :

— Comment va votre chère mère aujourd'hui ?

— Toujours un peu mieux.

— Pardonnez-moi de n'être venu qu'hier pour m'informer de sa santé ; j'ignorais...

— C'est à moi, dit vivement Jean Renaud, de vous prier de m'excuser ; j'aurais dû vous écrire... vous prévenir...

— Vous étiez tout à votre mère, Jean... Quel chagrin vous avez dû éprouver !

Jean ne répondit pas ; il conduisit Frédéric dans la chambre de sa mère. Marie Renaud était à demi étendue sur un canapé, enveloppée dans de grands lainages, la tête couverte d'une mantille. Elle se souleva un peu et tendit la main à Frédéric, qui la lui baisa avec autant d'affection que de respect, et dit :

— Je vous remercie profondément de vouloir bien me recevoir, madame.

— C'est que j'ai tenu à vous remercier moi-même de l'intérêt que vous nous portez, à mon fils et à moi.

Il s'assit auprès d'elle ; et, pendant quelques instants, tous les trois demeurèrent silencieux. Puis Frédéric parla de sa mère, de sa grand'mère, de sa sœur, qui l'avaient chargé, pour la malade, de leurs compliments les plus chaleureux.

— Je serai bien heureuse de les connaître un jour, répondit Marie.

Jean, qui cherchait un sens aux moindres choses, remarqua que Frédéric n'avait pas parlé de son père. Et son esprit attristé en tira cette conclusion que le marquis avait sans doute pressenti la vérité, que, tout au moins, il se tenait sur une réserve blessante... Oh ! cet homme ! cet homme ! que savait-il donc sur eux ?... Avait-il donc pressenti la vérité ?

VIII

ALLIANCE DÉFENSIVE ET OFFENSIVE.

Jean Renaud fut un peu distrait de son angoisse par une lettre qu'il reçut le soir, lettre mignonne, parfumée, avec l'adresse finement écrite, et un monogramme gothique, adorablement gravé, sur la fermeture de l'enveloppe. Comme, dans les moments d'émotion, on s'effraye des moindres choses, il hésita un peu avant d'ouvrir cette lettre... Et il déchiffra d'abord le monogramme, puis prononça, en souriant :

— Louise... C'est de mon alliée, Mlle Louise Florimont.

Il l'avait presque oubliée. Et il lut sa lettre, qui était ainsi conçue :

« Monsieur mon allié,

« Les jours de danger étant venus, je vous rappelle que nous nous sommes promis l'un à l'autre alliance offensive et défensive. Et je vous attends demain, vers cinq heures, pour conférer sur les moyens de nous défendre.

« Mon père et moi, nous nous sommes vivement intéressés à la santé de Mme votre mère; nous avions indirectement de ses nouvelles. Nous sommes tout heureux de la savoir hors de danger. Daignez lui présenter mes compliments bien respectueux, en attendant qu'elle me fasse l'honneur de me recevoir.

« Votre alliée,

« LOUISE FLORIMONT. »

Jean avait commencé à lire la lettre en souriant; il ne croyait à rien de bien sérieux au sujet de ce fameux projet d'alliance — quelque fantaisie de jeune fille ! Mais il fut touché

de la respectueuse sympathie dont Louison faisait preuve pour
sa mère. Et il ne put résister au plaisir de montrer la lettre
à Marie Renaud.

— Tiens, lui dit-il, c'est à moitié pour toi.

Et, tandis que sa mère lisait, il lui raconta l'histoire du
traité d'alliance.

— Ce doit être une jeune fille bien franche, dit Marie.

— Un peu décidée aussi, remarqua Jean en souriant.

— Bah !... Fille unique, enfant gâtée ! C'est naturel ; cela
l'empêche-t-il d'être bonne, aimante?... Enfin, c'est ton alliée,
et j'éprouve déjà pour elle la plus vive sympathie. Tu le lui
répéteras, en lui affirmant que j'aurai grand plaisir à la voir.

— Tu veux donc que j'aille chez elle ?

— Puisqu'elle t'attend demain.

— Mais je ne veux pas te quitter?

— Je n'ai plus besoin de toi.

Cependant Jean Renaud voulut consulter aussi Brettecourt.

— N'hésitez pas, lui dit le général. Mlle Louison, sous ses
allures un peu cavalières, est une personne fort raisonnable...
Je l'ai vue plusieurs fois ces derniers jours... Son père est un
de mes anciens amis, et j'ai passé plusieurs soirées chez lui ;
j'ai donc eu le temps d'étudier sa fille, et je l'estime beaucoup.

Le lendemain, à l'heure indiquée, Jean se dirigeait, très
intrigué, vers la rue de Varennes, où était située la maison
de Me Florimont.

En arrivant devant l'immeuble, il leva la tête, d'un geste
machinal, et aperçut le minois de Mlle Louison à une fenêtre
du premier étage. Il la salua ; elle lui fit signe d'attendre. Une
minute après, une femme de chambre apparaissait à la porte
de la rue et appelait doucement Jean Renaud.

— Veuillez me suivre, monsieur.

On ne le fit d'ailleurs passer par aucun chemin détourné. Il
gravit le grand escalier, pénétra dans l'appartement par la
grande porte ; seulement, aucun timbre ne retentit, aucune
porte ne grinça, aucun bruit de conversation ne troubla la
majesté de la demeure du notaire. Toutes les précautions
étaient prises pour que Jean arrivât au boudoir de Mlle Louison
sans que rien eût trahi sa présence.

La jeune fille reçut Jean Renaud en souriant ; mais il lui

fut aisé de deviner qu'elle avait beaucoup pleuré et que ses paupières et ses joues devaient être très rouges sous la couche de poudre dont elle venait de les masquer.

— Chagrin d'amour, pensa-t-il.

Et il déposa un baiser sur la main de Louison.

— C'est mon droit d'allié, dit-il.

— Et d'ami, ajouta-t-elle; car j'espère bien que nous ne sommes pas unis seulement par la communauté des intérêts, et qu'il y a entre nous un peu d'amitié?...

— Beaucoup même. Tous ceux qui .vous connaissent doivent vous aimer...

— Doivent?... fit-elle avec une jolie moue. Oui, ils devraient... Mais, dans les questions de cœur, ça ne peut jamais aller tout seul... Enfin, vous me pardonnez de vous avoir forcé de quitter votre mère?

— C'est elle-même qui m'a conseillé de ne pas manquer à un aussi joli rendez-vous.

— C'est que votre mère est bonne... Elle est comme vous. Oh! je vous connais très bien! M. de Brettecourt a passé trois soirées chez nous... Je ne sais pas pourquoi, par exemple! Il s'enferme avec papa, pendant des heures; et pas moyen de surprendre ce qu'ils se racontent tous les deux... Mais il a causé de vous devant moi, et il a dit de vous tant de bien...

— Que vous aviez peine à le croire?

— Pas du tout, monsieur; cela m'a fait beaucoup de plaisir, parce que, moi, j'avais deviné qui vous étiez, rien qu'en vous voyant. Vous savez bien que nous autres femmes, nous découvrons en dix minutes ce dont les hommes mettent dix ans à s'apercevoir.

Jean Renaud s'inclina respectueusement, en homme qui reconnaît la parfaite supériorité de la femme, et dit :

— Aussi ma mère, en sa qualité de femme, a-t-elle deviné qui vous étiez, vous, rien qu'en lisant votre lettre, et elle m'a chargé de vous dire qu'elle serait particulièrement heureuse de vous voir, de vous connaître...

— Quand elle sera guérie?

— Mais non. Tout de suite !

Louison ne put retenir un cri de joie.

— Tout de suite?... Elle vous a dit : ...tout de suite?

— Ma mère se remet assez rapidement, et l'après-midi elle peut recevoir ses amis.

Un flux de sang monta au visage de Louison et un éclair de joie jaillit de ses yeux.

— Ainsi, je pourrais aller lui faire une visite... demain, par exemple ?

— Oui, dès demain.

— Ah ! que je suis contente, monsieur ! Je ne me doutais pas, en vous demandant *votre* alliance, que vous seriez pour moi un aussi utile allié.

— Je ne comprends pas, mademoiselle !

— Vous allez comprendre.

Elle demeura quelques instants silencieuse ; son visage redevenait sérieux, mélancolique. Puis, d'une voix pleine de larmes :

— Je souffre bien cruellement, monsieur ; et c'est la première fois que je me trouve en face de la douleur. — Vous n'avez pas connu votre père, monsieur ; moi, je n'ai pas connu ma mère... Et, depuis ma plus tendre enfance, j'étais la reine, la maîtresse en cette maison. Mon père, n'ayant plus que moi, me gâtait follement ; tout s'inclinait devant ma volonté, devant mes moindres caprices... Enfin, je ne m'imaginais pas que rien pût me résister... Et aujourd'hui, toute ma douleur me vient de mon père, de mon bon père, qui jusqu'à présent avait fait un paradis de mon existence... Oh! je suis prête à lutter, à défendre mon amour !...

Tout d'abord, Louison avait parlé avec l'accent le plus désolé ; mais, en prononçant ces derniers mots, elle eut un brusque geste de révolte, et sa voix devint ferme, décidée :

— J'aime votre ami, Frédéric de Villepreux, je l'aime plus que tout ! La petite Louison, qui passait sa vie à rire, ne riait ainsi que parce qu'elle s'imaginait que son bonheur était assuré. Je vous parle comme si vous étiez mon frère. Et évidemment, sans toutes ces vilaines complications qu'on soulève entre nous, j'aurais eu bientôt le droit de vous appeler ainsi...

Jean lui tendit la main, et ils se donnèrent une bonne étreinte.

— Je vous écoute comme un frère, dit-il.

Il reconnaissait bien maintenant que, malgré son allure rieuse, Louison était une personne fort raisonnable.

— Oh ! je vous fais mes confidences bien franchement, dit-elle. Quand j'ai vu qu'on se mettait en travers de mon espoir, j'ai cessé d'être une enfant ; j'aime comme une femme, j'aime Frédéric... et je ne veux pas qu'on me l'enlève...

— Ne vous alarmez-vous pas d'avance ?... Frédéric ne vous
adore donc pas ?

— Je suis trop pratique, répliqua vivement Louison, pour
me payer d'illusions. Frédéric, avant de quitter la France,
m'aimait comme une petite fille, comme une petite camarade ;
moi, déjà, j'étais toute à lui ! Je suis à lui depuis que nous
avons commencé à jouer... Il était tout pour moi !

Puis, après une pause :

— J'ai commencé à connaître les larmes quand vous étiez
enfermés dans ce maudit Tuyen-Quang, de ces larmes qu'il
faut cacher, qu'on verse la nuit quand on est seule et qu'on
vous croit endormie... Lorsque vous faisiez le coup de feu
contre ces pirates, il n'y avait pas que votre mère qui priât
pour vous ; vous ne vous doutiez pas qu'une jeune fille priait
aussi pour vous, que deux jeunes filles priaient pour vous...
Je savais que vous étiez sans cesse avec lui. Que de fois,
Henriette et moi, nous sommes allées nous agenouiller à
Sainte-Clotilde et demander au bon Dieu de vous préserver !
Je ne récitais pas de ces oraisons qu'on apprend dans les
missels, je disais seulement : « Mon Dieu ! faites mourir tous les
autres, si vous voulez, mais conservez-nous Frédéric et Jean
Renaud ! » Je vous avoue même que parfois j'ajoutais : « Si des
deux il vous faut une victime, que ce ne soit pas Frédéric ! »

Jean ne put s'empêcher de sourire. Et Louison continua :

— Vous voilà donc revenus, tous les deux. Et nous nous
imaginions que notre petit roman aurait tout de suite la plus
banale, mais la plus agréable des conclusions : deux mariages
le même jour ! Car je puis bien vous l'avouer, moi ! j'ai l'habitude de tout dire sans réfléchir : Henriette était folle de vous
avant même de vous avoir vu. Je la plaisantais... mais j'ai dû
reconnaître par la suite qu'elle avait raison...

— Voyons, voyons, interrompit Jean, sommes-nous donc
ici pour nous faire des compliments ?

— Non, mais pour établir la vérité. Je juge inutile d'insister sur votre roman à vous ; contentez-vous de savoir que je
le connais aussi bien que le mien. Mais il faut bien que je vous
raconte le mien, qui n'est pas plus brillant, ou plutôt qui est
encore moins brillant que le vôtre. Nous avons, tous les deux,
le même ennemi, ce marquis de Villepreux... Oh ! il y a des
moments où je le déteste, cet homme ! Pas autant, toutefois,
que l'Américaine...

— Quelle Américaine?

— Vous ne vous rappelez pas ce grand corps d'Américaine?... Miss Edith?...

— Que nous avons vue à Marly-le-Roi?

— Oui. Eh bien! M. de Villepreux veut la... colloquer à son fils...

— Mais Frédéric la connaît à peine...

— Pardon, pardon, monsieur le sergent! Vous qui êtes un homme de guerre, est-ce que vous attendez de recevoir des *balles pour pressentir le danger?... Moi, je n'ai eu qu'à assis-*ter à la présentation de Frédéric à cette grande statue pour me dire : Voilà un mariage tout fait; démolissons-le! Qu'est-ce qu'elle a de plus que moi, cette Américaine? Quelques centimètres de taille?... La fortune? Est-ce que toutes ces fortunes d'Amérique valent les solides fortunes françaises, honnêtement gagnées?... Et je me serais crue bien certaine de renvoyer cette Yankee en Amérique si je n'avais eu contre moi que le marquis de Villepreux, parce que j'ai pour moi les dames de Villepreux... Seulement, je ne pouvais prévoir que mon père se mettrait, lui aussi, en travers de mes projets...

— M. Florimont?... Mais il me semblait qu'il était le vieil ami de la famille de Villepreux!

— Il *l'était*... Mais, depuis le retour de Frédéric, tout a changé... Ce fou de Frédéric a joué, là-bas; c'est évidemment la faute du Tonkin. Mon père l'a su, et cela a commencé à l'indisposer contre le fils; il ne l'était déjà que trop contre le père, et les relations se sont immédiatement tendues... Puis, il paraît que ce marquis est lancé dans des affaires... des affaires...

Louison était embarrassée pour expliquer le genre d'affaires dans lesquelles M. de Villepreux était lancé; Jean l'aida:

— Des affaires... qu'on ne saurait approuver dans le notariat, peut-être?

— Sûrement non! déclara Louise Florimont. Il était ruiné, il a cherché à se relever; et, s'il avait réussi, mon Dieu! tout le monde l'aurait approuvé...

— Mais il a échoué? interrogea Jean Renaud avec une certaine anxiété.

— Complètement.

Jean faillit répliquer : « Tant mieux! » On serait évidemment moins difficile sur le choix d'un mari, si Henriette

n'avait pas de dot. Et n'était-il pas assez riche pour deux?
— S'il ne s'agissait que d'une perte d'argent, reprit Louison, mon père n'aurait fait aucune objection à notre mariage;

Jean avait commencé à lire la lettre en souriant. (Page 66.)

mais il s'agit de choses plus graves... M. de Villepreux a,
paraît-il, commis des actes... des actes...

Louison s'arrêta encore.

— Des actes, mademoiselle?...

— J'ai peut-être tort de vous dire cela... Si vous alliez ne
plus aimer Henriette?

Mais Jean répliquait aussitôt :

— Les alliés se doivent une entière franchise ; et je vous déclare, sur mon honneur, que rien ne saurait changer les sentiments que j'éprouve pour Mlle de Villepreux.

— Pour votre mère ! dit-elle affectueusement. (Page 77.)

— Eh bien ! M. de Villepreux a commis des actes très blâmables... Il a été évidemment entraîné ; mais il se trouve dans une situation bien fâcheuse...

Un éclair de joie traversa les yeux de Jean. Si Louison n'exagérait pas, M. de Villepreux n'avait pas le droit de lui reprocher sa naissance. La jeune fille continuait :

— Et mon père, ayant appris cela tout à coup, est venu me chercher brusquement à l'hôtel de Villepreux, où je passais la journée... Il était indigné, mon pauvre papa! Et la vue d'une jolie voiture, que M. de Villepreux avait achetée pour conduire son fils chez l'Américaine, l'a exaspéré. Nous avons rencontré Frédéric et le marquis dans la cour; mon père a détourné la tête, a affecté de ne pas les saluer... Frédéric, je l'ai bien vu, était blème de colère; et j'ai failli désespérer... Maintenant, il ne va être que trop facile à M. de Villepreux de détacher son fils de moi et de le jeter dans les bras de cette Édith... C'est une bonne lutte qui commence, une lutte où il faut user de ruse avant tout, sortir un peu des chemins réguliers... Êtes-vous prêt à m'y aider?

— Que faut-il faire?

— Pour le moment, une chose bien simple : vous m'avez dit que votre mère était disposée à me recevoir?

— Avec bonheur,

— Frédéric va chez vous tous les jours?

— Il viendra demain vers deux heures,

— Me permettez-vous de me présenter demain chez vous à la même heure? Je prierai M. de Brettecourt de m'offrir son bras; ça aura l'air tout à fait régulier.

— A demain, mademoiselle! dit Jean Renaud, en se levant.

— Vous ne me blâmez pas d'agir si... cavalièrement?

— Je ne blâme jamais la franchise. Seulement, chez ma mère, vous pourrez à peine échanger quelques mots ave Frédéric.

— Que je le voie une minute, et je me charge du reste!

Jean allait prendre congé de Louison, mais elle le retint.

— Vous n'allez pas partir sans que je vous aie donné un gage...

— Un gage! fit-il en riant.

— Oh! je prends mon rôle d'alliée au sérieux; vous me rendez un service, et, entre alliés, les services, ça se paye.

— Le seul plaisir de vous être agréable est mon meilleur paiement.

— Attendez-moi : dans cinq minutes, il sera six heures, et c'est justement à six heures... Permettez-moi de vous quitter un instant...

Et, voyant la mine intriguée de Jean Renaud, Louison eut une fusée d'éclats de rire, puis disparut.

— La drôle de petite personne! se disait Jean. Elle rit,
elle pleure, elle pleure, elle rit!... Mais quel gentil petit
cœur!... Frédéric est impardonnable...

Puis il examina la jolie pièce dans laquelle il se trouvait,
un amour de boudoir encombré de menus meubles, tendu de
lampas, avec une cheminée qui ressemblait au fouillis d'un
marchand de saxes et de petits bronzes dorés. Et, comme il
regardait une carte du Tonkin, piquée entre une sanguine
de Fragonard et un pastel de Latour, il éprouva soudain une
violente commotion; il avait entendu la porte se rouvrir et
la voix de Louison qui prononçait :

— Attends-moi donc dans mon boudoir, Henriette; je
reviens tout de suite.

Jean se retourna, stupéfait, et se trouva en face de
Mlle de Villepreux; et tout d'abord, il n'eut pas la force de
parler : il était trop violemment ému. Henriette, de son côté,
était bouleversée. Jean dit enfin :

— Vous êtes victime d'une trahison, mademoiselle ; mais
croyez que je n'y suis pour rien...

— Je le crois facilement, monsieur; c'est un tour de cette
folle de Louison; elle m'a fait appeler en toute hâte, presque
en secret, m'assurant qu'elle avait le plus pressant besoin de
ma présence... Je suis venue... Et... et je ne m'en plains
pas, monsieur !

En disant ces mots, elle tendait la main à Jean Renaud,
qui la prit en tremblant. Elle ajouta :

— J'ai déjà eu des nouvelles de madame votre mère; mon
frère, qui sait avec quelle impatience je les attends, est bien
vite venu me raconter sa visite.

— Mademoiselle, ma mère éprouve pour vous la plus
vive reconnaissance. Dieu veuille qu'elle puisse un jour vous
la manifester elle-même! Pour ma part, je bénis votre charmante amie qui me fournit l'occasion de vous voir et de
vous remercier.

Puis, ils demeurèrent silencieux, n'osant plus reparler de
leur amour... et brûlant cependant de le faire. Henriette espérait que Jean allait dire : « La maladie de ma mère m'a
absorbé; je n'ai pas encore pu répondre à la lettre de M. de
Villepreux. » Et Jean se taisait; Jean, après la première
explosion de tendresse, baissait les yeux devant elle. Il ne
songeait plus maintenant à la ruine, à la situation du mar-

quis qui tout à l'heure lui avaient redonné de l'espoir, il songeait seulement à la distance qui le séparait, lui, pauvre être sans nom, fils d'un père qu'il ne connaîtrait peut-être jamais, d'une si noble et si belle jeune fille. Et toujours la même pensée le torturait : ces égards, cette sympathie, dont on entourait sa mère, avant de la connaître, ne disparaîtraient-ils pas tout à coup devant l'aveu de la vérité?...

Et, devant la jeune fille qu'il adorait, qui remplissait tout son être, il eut l'idée sublime du sacrifice. Il se jeta à genoux, tenant toujours dans ses mains la main d'Henriette, et il dit d'une voix très ferme :

— Pardonnez-moi, mademoiselle, d'avoir osé élever les yeux vers vous!... J'avais fait un trop beau rêve!...

Henriette, bouleversée, murmura :

— Je ne vous comprends pas, monsieur...

Elle sentait des larmes tomber sur sa main; Jean n'avait pas eu la force de les retenir, sa fermeté avait bien vite disparu.

— Vous devez bien avoir deviné, mademoiselle, que notre union était impossible...

— Et pourquoi, monsieur?

— Votre père n'y est-il pas formellement opposé ?

— Mon père a seulement demandé à réfléchir... Il veut vous connaître plus amplement... Il vous a écrit...

— Je ne répondrai pas à sa lettre, mademoiselle.

Il sembla à Henriette qu'elle recevait un grand coup dans la poitrine, et elle tomba machinalement dans un fauteuil, le visage tout en pleurs. Elle balbutia :

— Oh! Expliquez-vous, monsieur!

— Mademoiselle, ce que je vais vous dire ne doit être connu que de vous... Que pas un membre de votre famille ne sache jamais ce que je vais vous avouer!...

— Parlez, monsieur! J'ai le droit de l'exiger...

— Mademoiselle, je ne répondrai pas à votre père parce que je n'ai rien à lui répondre... parce que... parce que ma famille est si peu de chose auprès de la famille de Villepreux, que... que je n'ai aucune réponse à faire à ce que votre père m'a demandé.

Pauvre Jean Renaud! Qu'il lui en avait coûté de faire ce demi-aveu!... Mais quelle délicieuse extase, lorsque Henriette lui répondit lentement :

— C'est vous que j'aime, vous et votre mère ! Malgré
l'opposition de mon père, je ne serai jamais qu'à vous ! Je
vous ai engagé ma foi, et une demoiselle de Villepreux
ne manque jamais à sa parole.

IX

LE TOUR DE LOUISON

Jean baisait la main d'Henriette en balbutiant :
— Oh ! merci… merci.
Il s'abandonnait au bonheur d'être aimé ; et il ne sortit de
son extase que lorsque la jeune fille, avec une exquise chas-
teté, se pencha sur lui et déposa un baiser sur son front.
— Pour votre mère ! dit-elle bien affectueusement.
Alors, il eut honte de sa lâcheté ; il voulut dire plus nettement la vérité. Il n'en eut pas le temps. La porte du boudoir s'était rouverte, et Louison apparaissait, le visage un
peu inquiet. Elle marcha droit à Jean Renaud, le releva et le
poussa vers le fond du boudoir. Une portière s'écarta et Jean
Renaud se trouva dans un corridor un peu sombre. Louison
le tenait par la main et l'entraînait. Elle lui fit traverser
quelques pièces et l'amena jusqu'à l'escalier.
— A demain, dit-elle.
— Merci !
— Vous me remercierez demain… Mon père arrivait…
partez vite !
Et Louison regagna vivement son boudoir. — Elle y arriva
au moment où M. Florimont saluait Henriette avec plutôt de
l'embarras ; et il interrogea sa fille du regard, tandis que son
visage prenait une expression toute renfrognée. Louison,
sans rien répondre, s'avança vers Henriette et lui mit un
petit paquet dans la main, en disant :
— Tiens, voici ce point de dentelle ; garde-le tant que tu

voudras... Ta femme de chambre t'attend pour repartir.

M. Florimont accompagna lui-même Mlle de Villepreux jusqu'à la porte de son appartement, pour empêcher sa fille de pouvoir causer plus longuement avec elle. Puis il revint dans le boudoir de Louison et s'assit, de plus en plus renfrogné, bougonnant à voix basse, mais ne disant rien de bien net. Louison se mit à passer ses bibelots en revue, très silencieusement, s'efforçant de donner à sa jolie figure une expression encore plus renfrognée que celle de son père.

Il se décida enfin à demander, sévèrement :

— Qu'est-ce que Mlle de Villepreux venait faire ici?

— Tu l'as bien vu : chercher ce modèle de...

— Est-ce bien vrai, cela?

Louison s'arrêta dans son rangement, et, se plantant en face de son père :

— Est-ce que j'ai l'habitude de mentir?

— Je t'ai dit que je voulais briser toutes relations avec ces Villepreux!

— Toi, oui, mais pas moi. Et, dès le moment que je ne vais pas chez eux, j'obéis à tes ordres. Et puis, Henriette est à part. C'est mon amie d'enfance, ma seule amie... Je ne veux pas perdre son affection.

— Elle venait te parler de son mauvais sujet de frère?

— Pas le moins du monde; et d'ailleurs tu ne lui en aurais guère laissé le temps!

— J'ai terminé mon courrier plus tôt que d'habitude; je ne me doutais pas que j'allais trouver chez toi la sœur de ce...

— De ce mauvais sujet de Frédéric? Écoute, papa, je veux bien t'obéir; mais je te prie de ne pas traiter ainsi le comte de Villepreux.

Le notaire eut un sourire ironique :

— Quelle chaleur pour un amoureux qui t'abandonne!... A propos, le comte de Villepreux a, depuis ce matin, un très beau cheval de selle, un cheval anglais, d'après ce qu'on m'a dit, sur lequel il est allé au Bois... Il y aura probablement chevauché auprès de miss Edith Dickson...

Louison faillit pousser un de ces rugissements qui d'habitude étourdissaient le notaire; mais elle se domina :

— Alors, dit-elle tranquillement, tu... le fais espionner?

— Non. C'est un de mes clercs qui l'a vu partir ce matin et qui m'a renseigné...

— Ah! Et ce clerc... qui te renseigne si bien.., n'a pas appris autre chose?

— Si, si ; ce clerc avait justement un acte à porter dans le quartier de l'avenue du Bois-de-Boulogne...

— Et je parie qu'il se sera trouvé juste à point devant la maison de Mme Dickson?...

— Pour y voir entrer Frédéric de Villepreux et son père, oui, mon enfant.

— Est-ce que ce clerc si habile n'aurait pas surpris les conversations de Frédéric et de miss Edith?

— Non ; mais il a pu savoir, par des bavardages de domestiques, que la demande en mariage n'est plus qu'une question de forme...

— Mon père, il faut donner de l'avancement à ce clerc, prononça Louison d'un air parfaitement indifférent ; c'est vraiment un homme précieux. Tu n'as pas d'autres renseignements pour... ?

— Non. C'est tout... pour aujourd'hui.

— Bien.

Et Louison, afin de laisser tomber la conversation, s'empara d'un livre et eut l'air de le lire bien attentivement. Si M. Florimont l'avait examinée alors, il aurait vu des larmes couler sur le livre ; mais il s'était levé et se promenait, en sifflotant, dans le petit boudoir de sa fille. Quand il la supposa très absorbée par sa lecture, il tira de sa poche un petit paquet, tourna le dos à sa fille pour enlever le papier qui enveloppait le paquet, puis, très adroitement, glissa un écrin de satin bleu au milieu des bibelots de la cheminée. Ensuite, il s'assit béatement et se mit à tousser. Louison avait parfaitement observé son manège et aperçu l'écrin ; mais elle ne broncha pas. Après un long silence, M. Florimont se décida à demander :

— Ça t'intéresse donc bien, ce livre?

— Beaucoup, papa.

Et Louison rapprocha le livre de ses yeux. Heureusement, on vint annoncer le dîner et M. Florimont offrit son bras à sa fille. Il la força à s'arrêter devant la cheminée.

— Tu n'as pas de nouveaux bibelots?

Elle fut bien obligée alors de remarquer l'écrin ; mais elle n'avança même pas la main pour le prendre, et ce fut le notaire qui l'ouvrit. Il était très attrapé, le pauvre notaire, de constater le peu d'empressement de sa fille. Elle regardait de l'œil le plus indifférent la superbe paire de solitaires que renfermait l'écrin.

— Qu'est-ce que c'est que ça ?

— Mais... des diamants ! répondit le notaire, de plus en plus décontenancé.

— Pour qui ?

— Pour qui veux-tu que j'achète des diamants ?

— Je ne sais pas, moi.

— Mais pour toi, ma petite Lisette.

— Pour moi ?

Le visage de Louison n'exprima pas le moindre contentement.

— Tu sais pourtant bien, dit-elle de plus en plus indifférente, que les jeunes filles ne portent pas de diamants...

— Eh ! quand on a ta fortune, on peut bien faire exception à la règle... Et puis, si tu ne veux pas les porter maintenant, tu les auras, tu les porteras quand tu seras mariée.

— Je ne veux pas me marier !

— Tu ne veux pas te...?

— Mon père chéri, je veux me consacrer au bonheur de tes vieux jours.

Cela dit, Louison, sans avoir même touché aux diamants, quitta le bras de son père et se dirigea vers la salle à manger. M. Florimont essuya deux grosses larmes et suivit sa fille, en murmurant :

— Comment la consolerai-je?

Louison fut heureusement très aimable pendant le dîner et effaça la mauvaise impression produite par sa petite cruauté. De son côté, M. Florimont évita de reparler des Villepreux.

Après le repas, il dit :

— Fais-nous préparer du thé ; j'attends le général de Brettecourt.

Louison répondit simplement : « Bien ! » Mais elle eut un petit mouvement de joie. Et lorsque Brettecourt arriva, elle fut si charmante avec lui que le général se dit : « Cette petite personne a quelque chose à me demander... » Comme les soirées précédentes, il fut beaucoup question de Mme Renaud. Et Louison chercha, comme les soirs précédents, à pénétrer le motif qui pouvait bien pousser M. de Brettecourt à venir conférer si souvent avec son père; mais rien ne la mit sur la voie.

Au moment où le notaire proposait au général de passer

dans son cabinet, Louison se hasarda. Regardant fixement le général, elle demanda :

— Quand Mme Renaud recevra, voudrez-vous me présenter à elle ?

Brettecourt comprit et répondit :

— Dès demain, mademoiselle, si vous le désirez.

— Si mon père le permet, prononça respectueusement Louison.

— Si je le permets ?... Mais certainement !... s'écria le notaire. C'est une noble et charmante femme que Mme Renaud.

— Tu la connais donc ?

— Moi ? fit-il en rougissant, mais pas du tout !

— Alors, comment sais-tu qu'elle est bonne et charmante ?

Le notaire, un peu embarrassé, répliqua :

— Je parle... d'après ce que M. de Brettecourt nous a dit...

— Enfin, tu me permets d'aller chez elle ?

— Si M. de Brettecourt ne juge pas que ce soit trop indiscret !

— Non, dit le général. Et demain, je serai enchanté de me mettre à la disposition de Mlle Louise.

En même temps, il jetait un regard d'intelligence à la jeune fille. Elle comprit bien qu'elle avait été devinée ; et, en disant adieu au général, elle murmura tout bas :

— Merci.

Il répondit en s'inclinant, et tout bas, lui aussi :

— Je suis toujours du parti des amoureux.

Puis le notaire et le général s'enfermèrent dans le cabinet de M. Florimont et y demeurèrent très tard.

Louison, presque rassérénée par les paroles de Brettecourt, s'endormit, frissonnante d'espoir, et rêva qu'elle se promenait amoureusement au bras de Frédéric, tandis que Mlle Dickson regagnait l'Amérique sur un magnifique paquebot, en inondant de ses pleurs l'océan Atlantique.

Le lendemain, au déjeuner, elle posa à son père une foule de questions détournées sur M. de Brettecourt et sur leurs entretiens mystérieux ; mais le notaire sembla ne pas comprendre. Et, comme sa fille disait :

— Mais enfin, quelle grande affaire fait-il donc, pour venir te consulter à chaque instant ?

— Eh ! il ne vient pas le moins du monde pour me consulter, ma chérie ! Il y a tant d'années que je ne l'ai vu : il me

raconte ses campagnes... A propos, n'oublie pas que tu vas
aujourd'hui chez Mme Renaud; fais-toi gentille, hein ?

— Sois tranquille, père !

Elle se fit si gentille que, lorsque Brettecourt vint la chercher, il la complimenta de tout cœur.

— Il n'y a qu'une Parisienne qui sache s'habiller aussi
coquettement !

— Cependant, répliqua-t-elle, il y a des Parisiens qui
préfèrent la coquetterie des Américaines.

— Ils ont vraiment tort, déclara Brettecourt avec un
sérieux imperturbable.

Et ils montèrent en voiture.

— Viendrez-vous ce soir à la maison pour raconter vos
campagnes à mon père ? demanda tout à coup la jeune fille.

Brettecourt la regarda du coin de l'œil et répondit gravement :

— J'ai justement fini hier mon récit de notre expédition
du Tonkin, je n'ai plus rien à raconter.

— C'est vilain de mentir, dit Louison. Sommes-nous amis,
oui ou non ?

— Oui.

— Eh bien! entre amis, on n'a pas de secrets : dites-moi
franchement ce que vous complotez avec papa; je sais déjà
que c'est un acte... un acte relatif à un enfant...

— Il vous l'a dit? fit Brettecourt un peu estomaqué.

— Oh ! non ; mais je vous ai épié, un soir, au moment où
vous parliez...

— J'aurais dû m'en douter, prononça philosophiquement
Brettecourt. — Eh bien! mademoiselle Louison, je vous prie
d'oublier ce que vous avez pu entendre, et de n'en parler à
personne...

— Pas même à M. Jean Renaud?

— Surtout à M. Jean Renaud!

— Ni à Henriette de Villepreux?

— Encore moins... Votre parole?

— Je vous la donne... Et à moi, vous ne m'en direz pas
davantage?

— Pas un mot de plus. Et, d'ailleurs, il ne s'agit pas de vous.

Louison se tut. Elle, si audacieuse devant son père, se
sentait toute petite devant le général de Brettecourt. Et ce
fut d'un ton très soumis qu'elle demanda, un instant après :

— Mon père est bien monté contre Frédéric?

— Si vous surprenez si bien nos conversations, vous devez le savoir?...

— Mais vous l'aimez toujours, ce pauvre Frédéric?

— Plus mes amis sont en danger, et plus je les aime.

— Alors, il est... bien en danger?

— Il fait des sottises; mais c'est son père qui l'entraîne.

— Mon général, murmura Louison toute tremblante, croyez-vous qu'il aime réellement cette Américaine?

— Non.

— Mais alors, pourquoi va-t-il chez elle?

— Peut-il refuser à son père de l'y accompagner?

— Mais... tout n'est pas perdu? Répondez-moi franchement.

— Demandez-le à Frédéric lui-même.

— Il faudrait que je le voie pour cela! dit Louison d'un air contrit.

Brettecourt sourit et prononça :

— Mademoiselle Louison, c'est très vilain de mentir à un vieil ami comme moi.

— Oh! monsieur!

Elle sourit et baissa les yeux. Brettecourt continua avec enjouement :

— Ce n'est pas à moi qu'on fait croire qu'on s'intéresse si passionnément à une malade qu'on ne connaît pas.

Louison devint pourpre.

— Et si l'on va chez elle, c'est dans l'espoir d'y trouver des visites...

— C'est vrai, balbutia la jeune fille; vous devinez donc tout?

— Tout, comme un vieux papa.

— Alors, vous méritez une récompense.

Elle passa ses bras autour de la tête de Brettecourt et l'embrassa sur les deux joues.

— Je ne m'attendais pas, dit-il, un peu ému, à trouver d'aussi jolis bénéfices en France. Mademoiselle Louison, qu'avez-vous encore à me demander?

— Comme vous me jugez mal!

— Pas du tout; mais je voudrais mériter encore une récompense.

Louison eut l'air de réfléchir; puis, très câline :

— Si vous étiez bien, bien gentil...

— Eh bien?

— D'abord, vous me reconduiriez chez moi, après ma visite à Mme Renaud...

— Cela, c'est entendu d'avance.

— Vous entreriez dans le cabinet de mon père; et vous lui raconteriez la plus interminable de vos campagnes...

— Et pendant ce temps-là, que ferait mademoiselle Louison ?

— Rien de mal, je vous jure !

— Mais quelque chose, enfin, dont votre papa ne devrait pas être témoin?...

Louison baissa les yeux et murmura :

— Vous m'avez dit hier que vous étiez du parti des amoureux.

— Comptez sur moi, mademoiselle !

Ils étaient arrivés rue du Sentier. Louison descendit de voiture, l'air très brave; mais Brettecourt sentit sa petite main trembler; et, quand ils furent montés à l'appartement de Marie Renaud, elle demanda au général d'attendre un peu avant de sonner; elle avait besoin de prendre courage.

Au coup de sonnette,

Louison s'arrêta dans son rangement, et, se plantant devant son père : (Page 78.)

Jean Renaud accourut. Il offrit son bras à Louison et dit tout bas :

— Frédéric est là.

Tout le sang de la jeune fille afflua à son cœur, et elle dut faire un effort surhumain pour sourire en entrant dans le salon de Marie Renaud. Marie Renaud s'avança au-devant d'elle. Jean disait :

— Quelle heureuse surprise, ma mère ! Mlle Florimont
qui vient vous voir !

Brettecourt s'écria :

— Ah çà ! Jean, de quel droit me privez-vous du plaisir
de présenter ma petite amie à votre mère ?

Brettecourt sourit et prononça : « Mademoiselle Louison, c'est très
vilain de mentir. » (Page 83.)

— C'est qu'elle est aussi la mienne, mon général.

Marie embrassa très affectueusement la jeune fille et :

— Je suis vraiment heureuse de vous connaître, mademoiselle, et je vous remercie de tout mon cœur de l'amitié
que vous nous portez... J'ai su, par M. de Brettecourt, combien
vous vous étiez intéressée à moi...

— Mon amitié n'est que bien peu de chose, madame ; mais
je vous jure que quand je la donne, je la donne pour toujours !

X

FÂCHEUSE INTERRUPTION

Louison prononça cette phrase de la manière la plus affectueuse et en s'adressant à Marie Renaud son plus joli sourire; mais, presque aussitôt, elle se retournait vers Frédéric de Villepreux et lui jetait un regard dédaigneux.

— Mademoiselle... prononça-t-il, tout embarrassé.

La jeune fille répliqua sèchement : « Bonjour, monsieur ! » si sèchement que Frédéric en fut tout peiné.

Et, dès lors, il ne prononça plus une parole.

Cependant, la jeune fille s'était assise sur une petite chaise, tout près de Marie Renaud ; et elle bavardait, bavardait, pour bien cacher son émotion ; et elle avait des sourires et des mots aimables pour la malade et pour le général, et pour Jean Renaud ; mais elle semblait ignorer que Frédéric de Villepreux se trouvât dans le salon. Lorsqu'elle se leva pour prendre congé, elle fit ses adieux avec toutes ses grâces, toutes ses chatteries, et :

— Madame, vous voudrez bien me permettre de revenir vous voir souvent ?...

— Pour mes amis, je serai toujours chez moi, répondait Marie.

— Ah ! je n'ai plus guère d'amis ! déclara sourdement Louison.

Et encore un terrible coup d'œil à Frédéric !

Frédéric bouillait. Lui aussi prenait congé ; il s'avançait vers la porte pour y arriver en même temps que Louison... ils étaient déjà dans l'antichambre... Jean Renaud, qui les reconduisait, s'écarta sous prétexte de donner un ordre.

Frédéric saisit alors vivement la main de la jeune fille.

— Louison...

— Monsieur ! fit-elle avec hauteur, mais sans retirer sa main.

— Je vous en supplie, accordez-moi un rendez-vous; il faut que je vous explique... Je veux vous parler en secret !

Louison sourit imperceptiblement; un délicieux frisson la parcourut des pieds à la tête. Puis elle murmura doucement :

— Alors... dans un instant... chez moi...

— Mais votre père...

— Ne craignez rien... Venez !

Et, sans laisser à Frédéric le temps d'ajouter un mot, elle appela Brettecourt, qui causait encore avec Marie.

— Eh bien ! général, vous oubliez quel convoi précieux vous avez à escorter ?

Quelques instants plus tard, le général ramenait Mlle Florimont rue de Varennes.

— Votre plus interminable campagne, n'oubliez pas ? fit la jeune fille en descendant de voiture.

— Quel vilain rôle vous m'imposez ! répondit-il. Je m'expose à perdre toute la confiance de votre père...

— Vous y gagnerez la mienne.

Et Louison monta directement à son appartement, tandis que Brettecourt pénétrait dans le cabinet du notaire.

Aussitôt rentrée chez elle, Louison eut une rapide conférence avec sa femme de chambre, prit ses dispositions pour que son entrevue avec Frédéric ne pût être troublée, et bientôt elle se promenait toute nerveuse, dans son petit boudoir, en murmurant :

— Enfin... enfin... nous allons nous expliquer !...

Plus de larmes ! Plus de désespoirs ! Par moments même, elle souriait et se donnait des airs très braves. Elle ne craignait plus cette Américaine : elle n'avait eu qu'à se montrer pour reconquérir son Frédéric; et il allait venir, suppliant, implorer son pardon. Mais elle se montrerait très hautaine, très exigeante; elle se vengerait de toutes les souffrances endurées...

Cependant elle faillit perdre sa belle contenance quand la porte du boudoir s'ouvrit et que Frédéric parut, sombre, soucieux, et la salua d'un geste saccadé. Et, tout d'abord, il y eut un long silence : ils étaient aussi embarrassés l'un que l'autre. Louison se remit la première et finit par prononcer :

— Que voulez-vous, monsieur?

— Avant tout, mademoiselle, répondit-il d'une voix mal assurée, que nous ne nous traitions pas en ennemis !

Louison eut envie de lui tendre bien vite les deux mains; mais elle resta très digne.

— Tout au moins, dit-elle, devons-nous nous traiter en indifférents !

— Ah ! mademoiselle, pouvez-vous oublier ainsi l'amitié de notre enfance?

— L'amitié ne saurait exister, monsieur, qu'à la condition d'être partagée, et je ne puis vous conserver la mienne, puisque vous m'avez retiré la vôtre.

— C'est mal, Louison, c'est mal de parler ainsi !

— C'est donc mal faire que de constater la vérité?

— Louison, vous savez bien que mon cœur n'a pas cessé un instant de vous être fidèle !

— Oh! oh! monsieur. Est-ce dans les salons... exotiques qu'on vous apprend à mentir?

Et la jeune fille eut un geste superbe d'indignation.

— Vous êtes injuste ! s'écria Frédéric; je ne vous reconnais plus, vous que j'avais toujours vue si bonne, si indulgente!

— Mon indulgence était bien mal placée, monsieur!

Elle devenait terrible, la mignonne Louisette ; mais il lui fallait Frédéric à ses genoux...

— Louison, affirma-t-il, je vous jure que vous occupez toujours la même place en mon cœur... Mais comment pouvais-je vous le dire, quand votre père, par sa conduite, m'a fermé la porte de votre maison?

— Que mon père ait eu des torts, je le veux bien; mais le vôtre a eu les siens aussi...

— Je ne saurais admettre, mademoiselle, qu'on manque aussi gravement à mon père... Mon père est bon pour moi, je ne le connaissais pas encore aussi tendre, aussi dévoué... Et d'ailleurs, mon père se montrât-il dur envers moi, que je ne l'en aimerais et ne le respecterais pas moins... Je vous le répète : manquer à mon père, c'est me manquer à moi-même!...

— Oh! oh! fit Louison devenant très ironique, laissons un peu tous ces manquements, mon cher monsieur! Je comprends très bien, du reste, votre enthousiasme pour un père qui vous a... mijoté un si brillant mariage...

— Un mariage! prononça Frédéric un peu décontenancé.

— Eh oui, un riche sinon brillant mariage ! Fortune colossale... gagnée Dieu sait comme! Moi, je me défie toujours de ces dots amassées de l'autre côté de l'Atlantique... Enfin, on

m'a assuré que le père de cette belle demoiselle, qui bostonne
si élégamment, possède une mine de pétrole : vous serez parfaitement éclairés...

— Votre persiflage est inutile, Louison. Il est vrai que
mon père m'a introduit dans la famille Dickson, et qu'on me
jette assez ouvertement cette jeune fille à la tête ; mais rien
n'a été fait ni dit officiellement. Je ne veux pas contrarier
mon père, qui me comble en ce moment de gâteries, qui me
donne chaque jour de nouvelles preuves de son affection ; mais,
lorsqu'il me parlera sérieusement de ce mariage, je lui ferai
comprendre peu à peu qu'il ne saurait me convenir... Dans
l'état d'exaspération où je le vois contre M. Florimont et où
M. Florimont est lui-même contre nous, je ne puis rien brus-
quer, je dois savoir attendre... Depuis mon retour à Paris,
j'ai l'âme brisée par bien des chagrins ; vous le savez,
puisque vous êtes l'amie dévouée de ma sœur... Je vois la
désunion dans ma famille ; mon devoir n'est-il pas d'y ramener
le bonheur, d'éviter toute nouvelle cause de querelle ? Louison,
vous qui me connaissez depuis l'enfance, qui avez même
souffert quelquefois de la violence de mon caractère, ne devi-
nez-vous pas combien je déploie d'énergie pour me dominer
et agir prudemment, pour arriver à mon but, pour assurer
la tranquillité de tous les miens, accomplir le rêve d'Henriette ?... Louison, n'avez-vous donc pas deviné que l'affection
qui m'unissait à vous autrefois, affection d'enfant, de camarade,
est devenue de l'amour ? Louison, faut-il donc entre nous de
grands serments pour que vous ne doutiez plus de mon
cœur ?...

Le visage de Louison commençait à s'humaniser ; ses
lèvres étaient sur le point de sourire ; son cœur se dilatait...
Certainement Frédéric allait tomber à ses genoux dans quelques secondes... Mais, hélas ! sa femme de chambre pénétra
brusquement dans le boudoir.

— Mademoiselle... mademoiselle... monsieur votre père...

— Comment ! encore !... s'écria Louison.

Brettecourt avait bien essayé de retenir le notaire dans
son cabinet ; mais toute sa ruse était demeurée sans effet
devant la dénonciation du clerc qui servait de policier à
M. Florimont : au moment même où le général voyait le
brave officier ministériel embarqué dans des textes de lois et
des considérations philosophiques, ce clerc était entré le

visage bouleversé, dans le cabinet du notaire. Et il lui avait
dit à voix basse :

— J'ai aperçu M. de Villepreux entrant dans la maison.

— Le marquis?

— Non, non. Le jeune... l'officier !

Alors, Florimont avait congédié Brettecourt en s'excusant
rapidement :

— Pardonnez-moi... une affaire pressante...

Et il s'était élancé vers son appartement, aussi vivement
que lui permettait son honorable ventre. Il commença par
gagner, grâce au couloir de service, la porte de derrière du
boudoir ; et, tout doucement, il poussa une targette, afin
d'empêcher que Frédéric ne s'échappât de ce côté. Il voulait
le voir, le foudroyer! Louison, en effet, essaya d'ouvrir cette
porte ; et, devant la résistance qu'elle éprouvait, elle comprit :

— On nous a trahis! murmura-t-elle.

Quand elle se retourna, elle vit son père arrivant par une
autre porte et qui écartait furieusement la femme de chambre.

— Mon Dieu! balbutià-t-elle : il va tout gâter...

C'est qu'il avait un air terrible le petit Florimont!

Quand il eut renvoyé la femme de chambre, il prit sa fille
par le poignet et, sans écouter ses supplications, la conduisit,
ou plutôt la jeta dans sa chambre, dont il referma violemment
la porte. Puis, il s'avança vers Frédéric, ne parlant pas encore,
mais roulant des yeux furibonds, qui signifiaient :

— A nous deux, monsieur !

Frédéric était demeuré fort calme. Il avait eu une bien
autre angoisse, lorsque Louison l'avait traité d'infidèle. Et il
ne chancela pas, ainsi que le notaire s'y attendait, devant la
classique apostrophe :

— Que faites-vous ici, monsieur?

Affectant le plus grand calme, aimable, souriant, Frédéric
répondit :

— Eh mais..., je faisais visite à Mlle Florimont...

— Je vous défends, monsieur, de faire des visites à ma
fille.

— A l'avenir, monsieur, je respecterai votre défense ; mais,
comme vous ne m'aviez pas encore avisé de vos intentions,
vous me permettrez de vous demander ce que signifient ces
allures tragiques, ces cris de colère... ces...

— Monsieur, interrompit Florimont, je sais que vous avez

beaucoup d'esprit ; mais vous auriez prouvé que vous aviez
du bon sens, je dirai même plus : de l'honnêteté, en cessant
d'importuner une jeune fille...

— Importuner !... Oh ! monsieur Florimont, que voilà un
mot de trop ! Je suis venu faire visite à Mlle votre fille, et je
l'ai si peu importunée qu'elle m'a reçu très aimablement.

Tout démonté par le calme de Frédéric, Florimont cria
plus fort, pour se donner du courage.

— Sachez bien, monsieur, que, tout comte et futur marquis
que vous soyez, je ne vous laisserai pas compromettre ma
fille !

— Je vous répondrais, monsieur, que le moyen de compromettre une jeune personne est de faire du tapage, ainsi que
vous faites en ce moment, si la visite de son fiancé pouvait
compromettre une jeune fille.

— Son fiancé !

Jusque-là, les deux hommes étaient restés debout ; mais
le notaire ne put supporter une telle déclaration. Il tomba,
abasourdi, sur une petite chaise dorée, qu'il faillit casser, et
il répéta :

— Son fiancé !

— C'est généralement le nom qu'on donne, en France,
aux jeunes gens qui doivent épouser une jeune fille...

— Quand les parents le leur ont permis, monsieur !

— Ceux qui aiment bien, monsieur Florimont, savent
attendre le consentement des parents !

Louison, qui, de sa chambre, pouvait tout entendre, était
au huitième ciel. Elle oubliait sa fureur contre son père pour
ne songer qu'à Frédéric. Et elle murmurait :

— Oh ! qu'il est gentil ! qu'il est gentil !

Malheureusement, le notaire n'entendait pas que l'explication tournât à l'avantage de Frédéric.

— Ah ! ah ! fit-il, vous attendrez le consentement des
parents ? Eh bien ! vous pourrez longtemps attendre le mien.
Aussi, je vous prie de quitter cette maison et de n'y plus
remettre les pieds de votre vie.

— Monsieur, répliqua Frédéric devenant plus grave,
j'aime votre fille et votre fille m'aime. Tous les deux, nous
n'avons qu'un désir : vous amener bien doucement, bien
affectueusement, à désirer notre mariage. Vous me jugez mal,
je le sais ; mais je saurai aussi vous prouver combien vous avez

tort... Je saurai me faire aimer de vous comme un bon fils...

Frédéric avait touché la corde sensible : M. Florimont ressentit quelque chose du côté du cœur; mais son esprit entêté l'emportait bien vite.

— Je ne crois pas à vos protestations, monsieur ! Que vous aimiez ma fille, c'est possible ; mais que vous puissiez lui faire une existence heureuse et... honorable, cela je ne le crois pas !

Frédéric, à ce mot d'honorable, fut secoué d'un brusque frisson.

— Monsieur, fit-il, vous oubliez sans doute...

— Non, monsieur, je n'oublie rien... Je me souviens, au contraire... Et le vieux proverbe français n'a que trop raison : « Tel père, tel fils ! » Votre père...

— Je vous défends de prononcer une parole contre le marquis de Villepreux ! s'écria brusquement Frédéric ; c'est déjà bien assez que je consente à m'expliquer courtoisement avec vous, après l'ingratitude dont vous avez fait preuve envers ma famille et la façon dont vous avez manqué à mon père !...

Florimont eut un sourire en dessous ; il avait atteint son but : Frédéric, blême, le visage contracté, ne s'appartenait plus. Le notaire se releva et regarda quelques instants le jeune homme d'un air de mépris. Puis, très dédaigneux, très ironique, il dit :

— Non, en effet ! non, je ne prononcerai pas un mot contre le marquis de Villepreux... du moins contre celui qui fut mon ami : celui-là se nommait Jean ; et jamais la noblesse, l'honneur, la loyauté, la délicatesse n'ont été mieux incarnés que dans ce jeune homme... Il daignait me nommer son ami, et je le vénérais... Vous savez comment il mourut, frappé par son frère d'armes... Et alors, pour mon malheur, je connus un nouveau chef à la famille de Villepreux, un homme qui, dans le jeu et dans les débauches...

— Taisez-vous !...

— Non ! il faut bien que quelqu'un vous dise la vérité ! Cela vous arrêtera peut-être sur la pente où vous êtes en train de glisser... Un homme qui, par une vie indigne, a ruiné sa famille...

— La pauvreté n'est pas un déshonneur !...

— Le déshonneur ! s'écria Florimont. Pauvre malheureux,

il est à la porte de votre maison ! Eh bien ! ce nouveau chef
de la famille de Villepreux, je vous le déclare, sur mon simple
honneur de bourgeois, cet homme est indigne de son titre...
Et c'est pour cela que je ne veux plus qu'il existe la moindre
relation entre sa famille et la mienne... Adieu, monsieur !
Tant pis pour vous, si vous m'avez forcé à en dire plus que je
n'aurais voulu... Adieu !

Frédéric n'avait pas attendu la fin de l'apostrophe pour
gagner la porte du boudoir.

— Vous êtes fou, prononçait-il sourdement. Et je m'en
vais... Car je ne résisterais pas à l'envie de vous châtier.

Et il s'enfuit.

Il était à peine dans la rue qu'il se heurta à Brettecourt. Il
n'essaya pas de cacher son trouble :

— Ah ! mon général, balbutia-t-il, mon général, je suis
horriblement malheureux !...

— Courage, mon enfant ! Chacun de nous a ses douleurs en
ce monde...

— Mais que puis-je faire pour châtier un vieillard, un
homme incapable de se défendre, et qui vient d'insulter mon
père ?

— Mon enfant, dit gravement Brettecourt, il y a quelque
chose qui est bien autrement difficile que de se venger des
insultes, c'est de les supporter.

Frédéric se recula et fixa des yeux égarés sur Brettecourt ;
puis, sans avoir dit une parole, il s'éloigna, la tête penchée,
les épaules courbées. Il était anéanti.

— C'est le père qui fût coupable, murmura Brettecourt, et
c'est le fils qui est puni. Mon Dieu, est-ce donc là votre
justice ?

Puis, il s'éloigna de son côté.

Quant à Florimont, après le départ de Frédéric, il avait
parcouru triomphalement son appartement, très fier de son
exécution. Seulement, il avait jugé prudent de ne pas pénétrer encore dans la chambre de sa fille.

— Elle va bouder, se disait-il.

Cependant, il se glissait doucement dans le boudoir et alla
coller son oreille contre la porte de la chambre de Louison.
Il n'entendit rien. Il poussa un peu la porte, pensant que sa
fille allait aussitôt bondir et commencer une scène. Le silence

continua. Alors, il se décida à ouvrir complètement; mais
quelque chose, placé en travers, l'en empêcha. Il passa
sa ronde tête entre la porte et le chambranle, se pencha et vit
alors que ce quelque chose... c'était sa fille, sa Louison, son
seul trésor, le bonheur de sa vie; étendue sans connaissance,
si pâle qu'on l'eût dit morte...

— Louison!... Mon enfant!... Ma Lise!...

Et il l'avait prise, la serrait contre lui; puis, tout tremblant,
la déposait sur son lit, en appelant au secours...

XI

UN HOMME ENTÊTÉ

Quand les domestiques accoururent, ils trouvèrent M. Florimont à genoux devant le lit de sa fille, pleurant comme un
enfant, lui demandant pardon, n'ayant encore rien fait pour
la ramener à la vie. La femme de chambre, Joséphine, vieille
domestique qui avait soigné la jeune fille depuis son enfance
et qui lui était naturellement très dévouée, écarta le notaire
aussi brusquement que lui-même l'avait écartée quelques
instants auparavant, et lui cria :

— Vous pouvez bien pleurnicher, maintenant!

Florimont ne répondit pas; il n'était jamais très brave
devant cette servante qui jouait un peu le rôle de gouvernante.
Et il demeura en arrière, contemplant sa fille, que Joséphine
dégrafait, délaçait rapidement. Du reste, elle avait renvoyé
les autres domestiques. Louison commença enfin à respirer et
à bégayer quelques mots informes. Joséphine lui tapota ensuite
le front et les tempes avec de l'eau de Cologne, puis lui mit
un flacon de sels sous les narines, tout en bougonnant :

— Si ça a le sens commun de mettre un amour comme
mademoiselle dans un pareil état!...

Florimont commençait presque à regretter sa violence
contre Frédéric; mais, dès qu'il vit les joues de sa fille se
colorer, ses yeux s'entr'ouvrir, et ses lèvres remuer :

— Père... mon père!...

Il redevint très brave. Qu'était-ce, après tout, qu'un évanouissement? Est-ce que toutes les jeunes filles ne s'évanouissent pas? Il se rapprocha du lit.

— Eh bien, chérie? comment te sens-tu?

— Mieux, père.

Elle lui prit la main et la baisa. Oh! elle était bien mécontente de lui, et elle avait une grosse envie de le gronder; mais
elle était tout aussi mécontente de Frédéric que de son père.
Elle entendait être maîtresse de son père, le forcer à s'incliner devant toutes ses volontés; mais elle entendait aussi qu'on
le respectât. Et Frédéric avait manqué de respect à son père :
il l'avait accusé d'ingratitude, lui qui avait rendu tant de
services à la famille de Villepreux... Il l'avait presque menacé
de le châtier!... C'est en entendant ces mots qu'elle avait
perdu connaissance; et, si elle embrassait si gentiment la
main de son papa, c'était pour lui montrer qu'elle était bien
toujours sa fille aimante et respectueuse, qu'elle blâmait les
paroles violentes que, dans sa colère, Frédéric avait laissé
échapper. Elle murmura bien doucement :

— Pardonne-lui, mon père... Tu l'avais si durement
traité...

— Je méprise les insultes de ces gens-là! déclara emphatiquement Florimont.

Il jugeait l'occasion excellente pour reprendre un peu
d'empire sur sa fille.

— Père, père, ne parlons plus d'eux, de *lui* surtout, en
ce moment.

— Nous n'en reparlerons jamais, si tu veux! proposa-t-il.

Elle le prit dans ses bras et le serra bien affectueusement
contre son sein.

— Maintenant, dit-elle, laisse-moi; j'ai besoin d'être un
peu seule.

— Mais... qu'éprouves-tu, chérie?

— Rien, rien... J'ai besoin de repos... Voilà tout...
Laisse-moi, père, et ne t'inquiète plus!

Elle avait surtout besoin de pleurer. Et quand son père
fut parti, elle éclata en sanglots, balbutiant :

— Oh! Frédéric!... N'avoir pas eu le courage de supporter la colère de mon père!... Lui qui se montre si doux, si obéis-
sant vis-à-vis du sien! Et cependant il ne peut pas ne pas
comprendre que son père se conduit mal... Mais les hommes!
Quand la colère s'empare d'eux, ils ne s'appartiennent plus!
Puis, elle attaquait son père :

Il tomba, abasourdi, sur une petite chaise dorée, qu'il faillit casser.
(Page 91.)

— Au fond, il a raison, mon pauvre papa; mais on ne dit
pas les choses aussi brutalement devant un fils... Frédéric a
défendu noblement son père ; il a bien fait... Seulement, il a
été trop loin: il ne devait pas traiter insolemment le mien,
prononcer de ces paroles qui nous coûtent, à nous autres
femmes, tant de délicates tendresses, avant que nous ayons
pu les effacer... Et comment, désormais, les rapprocher?
Comment amener mon père à voir un fils dans Frédéric, et
Frédéric à pardonner à mon père?... Mon Dieu! mon Dieu!
Pourvu que rien ne vienne encore aggraver leur querelle!...

Cependant, M° Florimont avait regagné son cabinet, donné vivement les ordres nécessaires, signé son courrier. Puis, il s'était enfermé avec ses réflexions ; et il était enchanté de lui.

La marquise eut un sursaut d'indignation, et d'un geste foudroyant... (Page 102.)

— Je ne pouvais pas m'en tirer sans un évanouissement. L'évanouissement a eu lieu... Ma fille ne s'en ressentira même pas demain ; tout est donc pour le mieux. C'était une exécution nécessaire ! Louison sera mélancolique pendant deux ou trois semaines ; j'en serai quitte pour la faire voya-

ger ; nous irons en Italie.., Elle se consolera ; et je lui trou-
verai quelque brave garçon de mari... Quel malheur que ce
Jean Renaud ait eu la sottise de se toquer de Mlle de Villepreux ! Quel gentil ménage cela nous aurait fait !... Et il est
aussi Villepreux que vous, môssieu Frédéric, il l'est même
mieux que vous !... Enfin, nous avons bien reconquis notre
liberté ; c'est le premier point !

Tout en monologuant, le notaire faisait de grands gestes,
redressait la tête :

— Ce Villepreux ! Il croyait peut-être qu'il allait me faire
peur !... Ah ! mais, je lui ai appris qu'un honnête homme
n'avait peur de personne !

Il avait ébauché un geste plus superbe que tous les autres ;
mais il s'arrêta soudain. C'est qu'il venait de songer à la marquise douairière de Villepreux, à la marraine de sa fille, à
cette femme qui l'avait fait ce qu'il était, qui l'avait placé
dans son étude et plus tard avait décidé son patron à lui
donner son étude et sa fille.

— Brrr ! Si Frédéric allait lui raconter ce qui s'est passé
entre nous, et qu'elle vienne ici me reprocher ?... J'ai le droit
de traiter son fils et son petit-fils comme je l'ai fait ; mais
elle !... Diable ! Diable !... A la mère de Jean de Villepreux,
je dois une explication... Et je la lui dois, non pas demain, je
la lui dois tout de suite !... oui, tout de suite !

Il se rendait compte, d'une manière presque inconsciente,
que, demain, il n'aurait pas le courage nécessaire pour abor-
der une telle entrevue. Il fallait profiter du beau courage qui
l'animait.

— Quand on est bien en train, il faut aller jusqu'au
bout !... Demain, j'aurai trop réfléchi... j'aurai encore vu
pleurer ma fille !...

Rien n'est redoutable comme la colère des gens à caractère doux qui, tout d'un coup, se mêlent d'être énergiques.

Une demi-heure plus tard, Florimont, surpris lui-même de
se voir si décidé, se présentait à l'hôtel de Villepreux et demandait à parler à la douairière. Malgré son beau courage, il fut
cependant enchanté quand la servante lui dit que la vieille
marquise était seule. La jeune marquise et sa fille étaient
sorties.

— Et... M. Frédéric ? interrogea-t-il prudemment.

— Il est rentré tout à l'heure ; mais il est ressorti aussitôt.

— C'est parfait, pensa le notaire, c'est parfait : personne ne nous gênera.

Toutefois, son allure si crâne faillit l'abandonner quand il se trouva en face de la douairière et qu'elle lui dit... plutôt dédaigneusement :

— Tiens! c'est vous?

Et elle se leva à peine de son fauteuil et montra un siège à Florimont, d'un air qui acheva de le mettre en déroute.

« Elle est mal disposée, se dit-il; j'ai peut-être eu tort de m'emballer. »

— Quel est le motif de votre visite? demanda-t-elle d'un ton glacial.

— Madame, commença-t-il, je suis venu vous donner quelques explications...

— Sur votre conduite?... C'est inutile, monsieur ! J'aime à croire que, si vous vous représentez chez moi, après en avoir enlevé votre fille d'une façon aussi extravagante, c'est pour me parler d'affaires et pas d'autre chose. Je vous écoute.

— Pardon, pardon, madame! fit-il, très vexé : j'ai le droit de vous parler d'autre chose que d'affaires. Et, tout petit bonhomme que je sois, je vous prie de m'écouter ! Vous venez sans doute de causer avec votre petit-fils ?...

— Ah çà! monsieur Florimont, vous croyez-vous le droit de savoir ce qui se passe chez moi ?

Elle commençait à perdre un peu patience.

— Non, madame, répliqua-t-il un peu plus ferme; et, si je vous pose quelques questions, c'est simplement afin de vous éviter l'ennui d'entendre deux fois le même récit. — Votre petit-fils sortait de chez moi, et je désirais savoir s'il vous avait raconté ce qui s'y était passé.

La marquise eut un léger tremblement et prononça lentement :

— Ce qui s'est passé chez vous ?... Non... Expliquez-vous, Florimont!

— Ne vous a-t-il rien dit?

— Non... J'ai remarqué qu'il était très agité... Cela ne lui arrive, hélas! que trop souvent depuis quelques jours... Il m'a embrassée, sa bouche était brûlante... Il voulait voir son père tout de suite; il est allé le rejoindre... Qu'y a-t-il donc?.. Que s'est-il passé, Florimont?

Et, pour entendre parler de son petit-fils, pour savoir la

cause de l'excitation, de l'exaltation, qu'elle avait remarquées en lui tout à l'heure, la marquise oubliait le ressentiment qui l'animait contre le notaire.

— Ah! fit celui-ci, M. Frédéric est allé rejoindre M. le marquis?... Bien... bien...

Et, devant le trouble de la marquise, il se remettait.

— Voici les choses, continua-t-il en se carrant dans son fauteuil. Jadis, madame, nous avions... d'une façon très vague d'ailleurs.... formé un projet d'alliance entre votre petit-fils et ma fille...

— Mais il ne s'agit pas de cela, monsieur...

— Pardon, madame, vous allez voir... Nous avions laissé ces enfants vivre dans une grande intimité, et il en était résulté... une affection toute naturelle...

— Mon Dieu! que vous êtes long, mon pauvre Florimont, pour m'expliquer ce que je sais, que ces jeunes gens s'aimaient, et que nous aurions dù les marier tout bonnement, tandis que vous avez fait une foule d'extravagances pour empêcher ce mariage, et que mon fils, de son côté, ne veut plus en entendre parler!...

— Appeler des extravagances ce que fait un père pour sauvegarder le bonheur et l'honneur de sa fille, c'est peut-être fort spirituel, madame la marquise; mais dans mon monde à moi, madame, cela s'appelle faire preuve de prudence!... Oui, j'ai voulu briser ce mariage, avant même que nous l'eussions définitivement examiné, et je croyais les choses bien terminées... quand aujourd'hui votre petit-fils a osé s'introduire dans ma maison .. Monsieur ne craignait pas de compromettre ma pauvre imprudente de fille, qui avait eu la faiblesse de le recevoir... Heureusement, je suis arrivé à temps pour renvoyer ma fille dans sa chambre et pour chasser de chez moi M. Frédéric de Villepreux! Voilà, madame, ce que j'avais à vous dire.

— Et... c'est tout? interrogea la marquise, redressant la tête.

— Oui, madame, c'est tout!

— Vous, Florimont, vous avez chassé un Villepreux de chez vous?

— Parfaitement.

— Je vous fais tous mes compliments sur votre reconnaissance, prononça très froidement la marquise. S'il m'avait pris jadis la fantaisie de ne pas m'occuper de vous, il est probable que vous ne seriez pas aujourd'hui propriétaire de cette maison... dont vous vous êtes permis de chasser un des miens ! Heureusement, votre fille vaut mieux que vous !

— Ma fille ne sait pas ce que je sais !... Et je me permettrai de vous rappeler, madame, que, dans les circonstances les plus cruelles de votre vie, je vous ai été dévoué de toute mon âme. Depuis la mort si tragique de votre fils aîné jusqu'à votre ruine, même après votre ruine, je vous ai aimée, respectée, comme si j'avais eu l'honneur de faire partı de votre famille...

— Vous en faisiez partie alors, dit la marquise, soudainement émue et se rappelant toutes les preuves de dévouement, de désintéressement que lui avait données Florimont.

— Et il en eût toujours été ainsi, madame, si votre petit-fils avait suivi les nobles exemples des femmes de sa famille. J'aurais été heureux alors de lui confier le bonheur de mon enfant, et je leur aurais donné une dot superbe, afin qu'il pût laisser à sa sœur sa part d'héritage. Mais votre petit-fils a préféré suivre l'exemple de son père...

— Florimont, vous vous exagérez une faute de jeunesse, que Frédéric n'a que trop cruellement expiée déjà !

— Je ne songe même plus à cette perte de jeu, madame ; mais n'avez-vous pas vu votre petit-fils mener, depuis quelques jours, la vie des élégants, des fils de famille qui ruinent leur maison?... Monsieur passe une partie de ses journées au cercle ! Monsieur a sa victoria, son cheval de selle... Son père le dirige, il ira loin !... J'espérais que son mariage avec cette demoiselle d'Amérique était conclu, et que cela allait guérir complètement ma fille. Mais, pas du tout ! Il paraît que monsieur mène plusieurs intrigues à la fois : il m'a déclaré qu'il osait encore aimer ma fille...

La marquise l'interrompit violemment :

— Tenez, Florimont, assez de grandes phrases ! Et avouez tout bonnement que vous ne voulez plus de mon Frédéric... parce qu'il n'a pas de fortune !

Florimont se leva, étendit la main et déclara solennellement :

— Je vous jure, madame, que cette question de fortune n'aurait eu qu'une importance très secondaire pour moi ; mais je n'accepterai jamais que ma fille porte un nom déshonoré !

— Un nom déshonoré?

La marquise eut un sursaut d'indignation, et d'un geste foudroyant fit reculer le notaire.

— Un nom déshonoré?.., Le nom des Villepreux? Ah çà! monsieur, perdez-vous la tête? Vous voulez donc que je vous fasse jeter hors de chez moi?... Mais, partez donc, monsieur, que mon petit-fils ne vous trouve plus ici !

Florimont, rageur, tout ramassé, la tête rentrée dans les épaules, ne bougea pas.

— Madame, malgré votre arrogance envers moi, je n'aurai jamais à votre égard que des sentiments de respect et de reconnaissance. J'ai fait mon devoir en vous prévenant : sachez donc que le déshonneur est à la veille d'entrer dans votre maison !

En ce moment le notaire entendit une voix étranglée qui prononçait derrière lui :

— Mon père, je vous en prie, laissez-moi châtier cet homme !

Il se retourna et aperçut le marquis et Frédéric. Le marquis tenait son fils par le bras et l'empêchait de se précipiter sur le notaire.

— Ah ! prononça Florimont, vous étiez là...

D'un ton très dégagé, presque rieur, le marquis répondit :

— Oui ; nous sommes là depuis le « nom déshonoré » ! Mon fils était venu me prendre à mon cercle et m'avait déjà à demi raconté vos incartades, maître Florimont ; et je vous avoue que je ne m'attendais guère à vous trouver ici. Malepeste, quand vous vous montez la tête, vous allez bien, vous !... Êtes-vous au bout de votre petite scène?

Florimont ne se démonta pas un instant. Il attendit seulement que le marquis eût cessé de parler, puis salua la douairière et se retira.

En passant devant le marquis, il prononça d'un ton rageur:

— Riez, monsieur ! Rira bien qui rira le dernier... Le moment du règlement de compte est plus proche que vous ne vous le figurez !

Dans le vestibule, le notaire rencontra la jeune marquise et Henriette, qui rentraient. Il les salua très respectueusement mais ne leur adressa pas la parole; et, en traversant la cour de l'hôtel, il murmurait :

— Ah, mon petit monsieur Honoré ! Si vous saviez le joli

tour que vous prépare mon ami le comte Henri de Brettecourt,
vous ne ririez pas de si bon cœur... Et encore, ce sacré M. de
Brettecourt y mettra des formes, de la délicatesse... Tandis que,
si cela ne dépendait que de moi, comme je mettrais les pieds
dans le plat !... Enfin, patience !

Henriette et sa mère avaient été toutes surprises de ren-
contrer Florimont. Quand elles arrivèrent au salon, elles n'eu-
rent qu'à voir le visage bouleversé de la douairière et de
Frédéric pour comprendre que quelque nouvelle complica-
tion avait surgi... En revanche, le marquis était tout souriant.

— Vous voilà, je l'espère, définitivement édifié sur le
compte de ce faquin? disait-il à sa mère.

— Que se passe-t-il donc? interrogea fiévreusement sa
femme.

— Ma chère amie, une chose bien simple : M. Florimont,
notaire, qu'on recevait ici avec beaucoup trop d'amabilité,
avait fini par s'arroger le droit d'y parler en maître; et, tout
à l'heure, il traitait notre maison avec une insolence !... J'ai
dû empêcher mon fils de punir le drôle; mais j'aime à croire
que nous n'entendrons plus parler de ce grotesque prud'-
homme : il a déjà fait trop de mal chez moi !...

Henriette, songeant à Louison, ne put retenir ses larmes.
Elle s'enfuit dans sa chambre.

— Cette enfant a bien fait de partir, dit alors Honoré d'un
ton sévère; car j'ai des observations très délicates à vous
adresser à son sujet.

Et la douairière, la jeune marquise et Frédéric demeurèrent stupéfaits lorsque Honoré, les lèvres serrées, ajouta
méchamment :

— Ma chère amie, jusqu'à ce jour, j'avais cru que ma
fille, que Mˡˡᵉ Henriette de Villepreux était en sûreté quand
elle se trouvait sous la surveillance de sa mère et de sa
grand'mère... Il paraît que je m'étais trompé. A la fête de la
baronne de Vauchelles, ma fille a pu causer longuement,
en tête à tête, avec ce monsieur Jean Renaud; hier, elle
s'est échappée d'ici et s'est rendue en secret chez la petite
Florimont, qui lui avait ménagé une entrevue... avec ce
même Jean Renaud, dont, soit dit entre parenthèses, nous
n'entendons plus parler depuis que nous lui avons demandé
de nous faire savoir qui il était. — Vois-tu, mon fils, com-

bien tu as agi légèrement en te laissant prendre au piège
que t'avait tendu cette Louison?... — Quant à ma fille, si
sa jeunesse, si son inexpérience permettent de l'excuser,
c'est une raison de plus pour qu'on la surveille, pour qu'on
l'empêche de commettre de nouvelles inconséquences.
J'espère, mesdames, que vous saurez y veiller un peu mieux
désormais !

XII

HÉSITATIONS

Quelques jours après ces incidents, M. Saturnin Baradoux
se promenait, l'air particulièrement heureux, dans la galerie
qui renfermait les plus précieux objets de sa collection.

Par moments, il s'arrêtait devant un petit bronze
Louis XVI et disait :

— Il est bien joli, ce petit bronze ; mais dans un mois,
j'en aurai un plus joli.

Ou bien, c'était devant un miroir de la Renaissance, et il
disait :

— C'est un bijou que ce miroir, on m'en a offert des prix
fous ; mais, dans un mois, j'aurai les moyens d'acheter celui
que j'ai marchandé rue Laffitte et qui lui est dix fois supérieur.

Et il passait ainsi en revue les choses les plus rares de sa
collection, ses sonnettes, ses serrures, ses claquoirs, ses
éventails ; à chacun il adressait le même petit discours :

— Tu es bien joli, mon ami ; mais, dans un mois...

Dans un mois, que de merveilles il pourrait acheter !

M. Saturnin Baradoux aurait peut-être dû se dire que ce qui
dépend d'une amourette repose sur une base bien fragile ;
mais il avait confiance. Et s'il comptait avoir tant de belles
choses dans un mois, c'est qu'il ne doutait pas que dans un
mois, le mariage de Frédéric de Villepreux et d'Edith Dickson
ne fût « une affaire bâclée ». Et si, ce soir, toutes ses pensées

étaient absorbées par les conséquences futures de ce mariage,
c'est que ce soir, mistress Dickson donnait sa grande soirée,
qu'Edith serait resplendissante, et que tous les intéressés,
l'Américaine, son père, sa mère, le marquis de Villepreux et
Baradoux lui-même comptaient bien que, dans le tourbillon
d'une valse, Frédéric avouerait son amour à Edith.

Baradoux n'attendait, pour se rendre à l'avenue du Bois-de-
Boulogne, que le rapport de l'espion habituel qui le renseignait
exactement sur tout ce qui se passait à l'hôtel de Villepreux.

Le marquis avait été abasourdi, le jour où Baradoux lui
avait fait connaître les conditions de Dickson, de l'exactitude
avec laquelle le banquier était renseigné sur tout ce qui le
concernait. Il aurait eu l'explication fort simple de ce petit
mystère s'il avait assisté à la scène suivante.

Au moment où Baradoux allait s'impatienter, on sonna
chez lui. Et il alla ouvrir lui-même ; il avait d'avance renvoyé
son domestique : il n'aimait pas à donner des témoins à ces
sortes d'entrevues.

L'homme qui entra était Polydore Guépin.

Le « fidèle » domestique d'Honoré de Villepreux le trahis-
sait très régulièrement, depuis le jour où ses affaires avaient
commencé à péricliter. — Le marquis, n'ayant plus d'argent,
étant même obligé de recourir à des artifices pour s'en procurer, les belles gratifications qu'il donnait autrefois à Guépin
avaient forcément disparu. Et Honoré avait pu croire alors
que son domestique lui était dévoué ; car Guépin ne lui parla
jamais de le quitter, et ne se plaignit jamais de son changement de situation. Ce digne serviteur avait aisément trouvé
une compensation chez les divers hommes d'affaires qui
exploitaient le marquis, ou plutôt qui exploitaient son nom.

Ce soir-là, Guépin avait l'air aussi joyeux que Baradoux
lui-même. Et il commença son rapport par un gros éclat de
rire.

— Ah ! monsieur Baradoux ! Quand je pense, et j'y pense
toujours, à la tête des deux marquises et à celle du petit,
lorsque M. le marquis leur a dégoisé sa petite affaire sur
Mlle Henriette !

— Bon, bon, fit Baradoux, impatiemment, vous m'avez
déjà raconté cette petite scène. Je n'ai pas de temps à perdre :
avez-vous du nouveau à m'apprendre ?

Guépin respectait Baradoux comme un coquin d'un ordre supérieur. Il prit une allure plus convenable et répondit :

— Dans le domaine des faits saillants, peu de chose, monsieur Baradoux ; mais, dans le domaine du sentiment, le domaine psychologique, comme disent les philosophes, plusieurs remarques intéressantes.

Guépin se piquait un peu de littérature.

— Eh bien! monsieur Guépin, qu'avez-vous remarqué dans le domaine... psychologique?

— Premier sujet, fit le domestique avec importance : M. le marquis! Il a reçu hier des lettres très menaçantes d'actionnaires de sa Compagnie de réassurances...

— Je sais, je sais, interrompit Baradoux ; c'est sur mon conseil que ces diverses lettres ont été écrites. Et... l'effet produit?

— D'abord, un peu d'effarement, monsieur Baradoux. Ces lettres parlaient de banqueroute frauduleuse, d'abus de confiance ; une, même, allait jusqu'au mot : escroquerie. Bref, des expressions qu'on n'aime à lire que lorsqu'elles s'adressent à d'autres. M. le marquis en a été troublé, mais pas trop longtemps... J'ai pu parcourir les lettres pendant qu'il passait dans son cabinet de toilette... Et lorsqu'il en est revenu, il les a brûlées et son visage a repris son allure habituelle ; et il était aisé de lire sur ce visage : « Mes imbéciles de créanciers consentiront à prendre patience ; et, dans un mois, mon fils m'aura débarrassé d'eux. »

— Et... ce fils, monsieur Guépin?

— Triste, monsieur le banquier, oh! très triste. Croyez-moi, il en tient plus qu'on ne se l'imaginait pour cette fille de notaire...

Guépin avait prononcé le mot de notaire avec un dédain particulier.

— C'est fini, cela! déclara Baradoux, en haussant les épaules.

— Non, monsieur ; et c'est de là que viendra tout le danger...

— Enfin... il n'a pas revu Mlle Florimont?

— Depuis le jour de la grande scène? Non, monsieur. Mais il ne dort plus ; il s'enferme avec sa sœur, et ils bavardent... ils bavardent...

— Bon, bon! Et M. Jean Renaud?

— Oh ! lui, fit Guépin très goguenard ; je vous ai prévenu, dès le premier jour, que nous étions débarrassés de lui. Il n'a plus donné signe de vie. Quand on est ce qu'il est, on ne se mêle pas d'aimer une demoiselle de Villepreux. M. le marquis le lui a assez fait sentir dans sa lettre ; il faut reconnaître qu'il l'a joué de main de maître !

— Ne vous prononcez pas si vite, Guépin ; je crois, moi, que c'est de ce côté plutôt que le danger pourrait venir. Dirigez donc vos précieuses qualités d'observateur vers la rue du Sentier, que nous sachions un peu ce qui s'y passe... Je vous en avais déjà prié, vous avez eu tort de ne pas m'écouter.

— Bien, monsieur, dit Guépin, on se renseignera ; mais si vous voulez connaître mon opinion, je vous affirme que Mme Renaud sera à peine guérie qu'elle filera avec son fils vers quelque coin de province... ou de l'étranger... Le petit connaît forcément aujourd'hui sa situation, et il en est bien trop humilié pour oser reparaître.

— C'est possible, Guépin, mais il faut tout prévoir ; surveillez donc particulièrement la rue du Sentier. — Le marquis et son fils sont toujours en bons termes ?

— Unis comme les deux doigts de la main, et sortant toujours ensemble, ce qui fait verser bien des larmes aux deux marquises. Le matin, ils vont ensemble au Bois ; ils déjeunent au cercle de M. le marquis ; et on ne les revoit que le soir. C'est une comédie, ces soirées : la vieille mère la fait à la dignité, sa belle-fille est toujours sur le point d'éclater en sanglots ; le frère et la sœur sont bien gentils, bien aimables, s'efforçant de faire naître des conversations générales, mais sans jamais y réussir... Et M. le marquis est d'un dégagé... oh ! mais d'un dégagé ! On ne croirait jamais qu'il a boulotté tous les millions de la maison... Il y a longtemps, du reste, que je lui disais : « Monsieur le marquis, ne vous laissez donc pas monter dessus par madame votre mère. » Parole, on aurait cru que c'était elle le chef de la famille...

— Aucune nouvelle frasque du côté de M. et Mlle Florimont ?

— Aucune ! Et c'est ce qui a fait baisser le caquet de la marquise mère : elle n'a plus ce notaire pour lui monter la tête... Et M. le marquis est vraiment redevenu le maître ! — Voilà, monsieur le banquier, le résultat de mes observations.

Baradoux prit deux cents francs dans son portefeuille et les remit à Guépin.

Le domestique se retira enchanté. Jamais les gratifications du banquier n'allaient plus loin que l'unique billet de cinq louis. Une fois dans la rue, il se mit à réfléchir ; mais il ne songeait plus ni à son maître, ni à Baradoux, ni à Florimont, ni à miss Édith. Il se demandait tout simplement :

— Il est bien joli, ce petit bronze ; mais, dans un mois, j'en aurai un plus joli. (Page 104.)

— Où irai-je, cette nuit ?

Car il portait en lui la punition de toutes ses vilenies : il était joueur, et un joueur malheureux. Des sommes relativement considérables étaient passées entre ses mains, depuis les premiers dix mille francs qu'Honoré lui avait remis en échange de sa complicité ; toutes ces sommes s'en étaient allées au jeu. Guépin n'avait pas de maîtresses ; à peine, de loin en loin, quelque caprice passager ! Ses seules passions étaient le jeu et, quand il n'avait pas d'argent pour jouer, le plaisir de faire le mal. Il connaissait naturellement tous les tripots de Paris; et il se demandait, en ce moment, dans lequel il irait encore tenter la fortune avec les deux cents francs que lui avait remis Baradoux:

— J'ai le temps : M. le marquis et son fils ne rentreront pas avant trois ou quatre heures du matin... Je veux essayer cette nouvelle combinaison à laquelle je songe depuis huit jours...

Ainsi que la plupart des joueurs, il avait la manie de préparer, chaque fois qu'il avait perdu, des combinaisons nouvelles, qu'il déclarait toujours infaillibles, jusqu'au moment où elles le faisaient perdre à leur tour. Il finit par se rendre dans une maison de jeu de l'avenue de Wagram, où les domestiques du quartier, surtout les cochers, laissent régulièrement leurs gages; il y passa une grande partie de la nuit et, selon son habitude, en sortit complètement nettoyé.

Quant à l'honorable banquier, Saturnin Baradoux, il avait encore passé une demi-heure au milieu de ses objets d'art, méditant sur tout ce que Polydore Guépin lui avait raconté.

Puis il fit méticuleusement sa toilette : il soignait beaucoup sa tenue d'homme correct; et enfin, tout joyeux, il se rendit chez mistress Dickson.

Il se demandait tout simplement:
— Où irai-je, cette nuit? (Page 108.)

Quand il arriva chez l'Américaine, la fête était déjà très animée. Pour se conformer aux usages parisiens, mistress Dickson avait invité trois fois plus de monde que n'en pouvaient contenir ses salons ; et ce n'est qu'à grand'peine qu'Edith avait refoulé les invités dans le boudoir, la salle à manger et même le vestibule et l'escalier, pour que l'on pût danser librement dans les deux salons.

La jeune Américaine était resplendissante. Vêtue d'une robe de mousseline de soie rose, très modestement décolletée, ses magnifiques cheveux serrés en un épais catogan sur sa jolie nuque, n'ayant pour tous bijoux qu'un mince filet d'or autour du poignet avec une grosse perle et, aux oreilles, de petits diamants suspendus par un fil d'or et qui semblaient des gouttes de rosée, elle était bien la reine de son bal. Sa toilette avait été l'objet de sérieuses conférences entre sa mère, son père et Baradoux. Dickson aurait voulu la charger de diamants ; sa femme aurait désiré une robe rouge. Baradoux avait fait prévaloir son avis : une robe simple, très simple ; rien d'excentrique, rien d'exotique. Et Edith l'avait compris.

Cependant, elle commençait à s'impatienter légèrement, la jolie miss Edith !

Frédéric n'avait pas encore paru. Tous les jeunes gens s'empressaient autour d'elle, se disputant l'honneur de lui servir de cavalier : elle les inscrivait sur son carnet d'ivoire avec son crayon d'or incrusté de perles ; mais elle dissimulait tout de suite ce carnet pour que personne ne pût voir les places vides que d'avance elle avait réservées à Frédéric.

Le marquis et son fils arrivèrent, enfin ; et, à leur entrée, il se fit ce petit mouvement qui annonce des hôtes désirés. Honoré de Villepreux était radieux ; son premier coup d'œil fut pour Edith : « Allons, pensa-t-il, mon fils ne sera pas à plaindre. » Frédéric était très pâle, un peu nerveux. Son père lui avait dit, au moment où ils descendaient de voiture : « Mon cher, il ne tient qu'à toi d'être, dans un mois, le maître de cette jolie demeure. » C'était la première fois que le marquis avait parlé aussi ouvertement à son fils de ce mariage.

Honoré causa d'abord quelques instants, de la façon la plus respectueuse, avec mistress Dickson : depuis l'arrivée du mari, il avait dû interrompre son petit flirt ; M. Dickson n'avait pas du tout la tournure d'un mari complaisant. D'ailleurs, le marquis était trop préoccupé par sa situation personnelle pour songer en ce moment à l'amour. Il salua très cordialement M. Dickson, puis rejoignit M. Baradoux qui, placé dans l'embrasure d'une porte, l'appelait d'un signe presque imperceptible de la tête. Le banquier l'entraîna sur la terrasse qui borde l'hôtel et choisit un coin désert.

— Eh bien ! monsieur le marquis ? interrogea-t-il tout de suite.

— Mais, c'est à moi de vous demander si vous avez du nouveau. Car vous avez dû voir ces *gens-là ?*...

— Peste ! Vous traitez bien dédaigneusement des gaillards qui, d'un seul mot, pourraient, monsieur le marquis, vous causer les plus vifs désagréments...

— Eh ! c'est bien pour cela que je me suis entièrement confié à vous, cher maître, s'exclama le marquis avec une grâce toute particulière. Et... j'aime à croire que ces gaillards-là ne feront rien sans votre permission ?

Saturnin Baradoux était insensible à tout compliment ; il haussa légèrement les épaules et dit :

— J'ai vu aujourd'hui vos trois principaux créanciers : je les ai adoucis ; ils attendront...

— Combien de temps ?

— Ils veulent une réponse définitive demain...

— Bah ! bah ! on ne peut pas me prendre à la gorge... C'est leur intérêt d'attendre...

— Si les choses marchent bien, je me charge, en effet, de les faire patienter de jour en jour. Il est fâcheux, par exemple, que Mme et Mlle de Villepreux ne vous aient pas accompagné chez Mme Dickson...

— J'ai su les excuser sans rien compromettre, déclara le marquis ; et bientôt mon fils obtiendra d'elles, en le leur demandant tout naturellement, tout gentiment, ce que je n'obtiendrais jamais...

— Et la cession de l'hôtel de la rue Saint-Dominique à votre fils ?...

— Ira comme sur des roulettes, je vous en réponds. Depuis huit jours, j'ai tout bouleversé chez moi !

— Et le comte de Villepreux ? interrogea Baradoux avec une certaine anxiété.

— Regardez-le !

Par la large fenêtre du grand salon, à demi ouverte, ils pouvaient apercevoir miss Edith bostonnant au bras de Frédéric.

Edith était radieuse : elle trouvait Frédéric encore plus beau dans sa pâleur ; et l'émotion qu'elle remarquait en lui ne pouvait que l'enchanter, puisqu'elle s'imaginait en être la

cause. Peu à peu, l'indifférence avec laquelle elle était prête
à l'accepter pour époux avait fait place à un sentiment qui
ressemblait plutôt à un caprice, un désir, qu'au véritable
amour, mais qui était le maximum d'intensité de ce que pouvait
éprouver le cœur de cette égoïste personne. Elle ne se disait
plus comme au début : « Autant lui qu'un autre, puisque c'est
lui qu'on a choisi ! » Elle était heureuse, flattée surtout, que
le choix de ses parents et de Baradoux se fût porté sur lui.
En personne pratique, elle était enchantée que son mari ne
fût pas un inutile et qu'il descendît réellement d'une illustre
famille. Son père, guidé par Baradoux, avait fait des recherches sur l'histoire des Villepreux ; et lui aussi, était ravi de
« redorer leur blason ». Il avait même prié le banquier d'entrer
en relations avec les propriétaires actuels du château d'Angoville : il se rendait bien compte que la vieille douairière ferait
des difficultés pour abandonner son hôtel de la rue Saint-
Dominique, et il espérait la séduire en rachetant le vieux
domaine de la famille, qu'il offrirait à son gendre par-dessus
le contrat.

Cependant, Frédéric était aimable... mais rien qu'aimable.
Edith ne s'en étonnait pas : elle attribuait la réserve de son
danseur à la foule qui les entourait. Mais, tout à l'heure, on
cesserait de danser... il y aurait un bout de concert... elle
entraînerait Frédéric dans le jardin, lui fournirait l'occasion
de déclarer son amour...

Et, avec la plus tranquille audace, dès que commença ce
petit concert, que Baradoux avait jugé indispensable pour le
chic de la maison, Edith provoqua Frédéric de Villepreux.

— M'accompagnez-vous un instant dans le jardin ?... J'ai
besoin de prendre un peu l'air... Aidez-moi donc !...

Elle lui tendait sa mantille, puis un fichu de soie qui se
trouvait comme par hasard sous sa main ; et elle se laissa
envelopper par lui. Elle le regardait très doucement, cherchant ses yeux. Saisi par le charme capiteux de cette belle
fille, il lui sourit très aimablement, et ils descendirent au jardin.

La nuit était assez fraîche : miss Edith, s'appuyant sur le
bras de Frédéric, se serrait librement contre lui. Elle s'imaginait bien sincèrement qu'il n'avait plus qu'un mot à prononcer... pour qu'ils fussent unis à jamais !

Et pourtant, il demeurait tout silencieux.

— Il hésite, se disait la jeune fille ; il est timide...

Frédéric hésitait, en effet... Depuis quelques jours, son système nerveux était effroyablement surexcité. Il sentait bien que son père désirait passionnément ce mariage ; et sa mère et sa grand'mère n'avaient plus l'énergie de lutter contre l'influence du marquis. Il n'osait plus songer à sa petite Louison : la rupture entre les deux familles était absolue, définitive ; la douairière elle-même avait été bouleversée par la conduite du notaire. Et, malgré lui, cette pensée revenait sans cesse à l'esprit de Frédéric : « Pourquoi m'obstiner à aimer Louison, puisque son père ne me la donnera jamais ? » Et il songeait alors à cette belle Américaine qui était prête à se donner à lui... En ce moment, il sentait le cœur d'Edith battre tumultueusement...

Par ce mariage, il pourrait rendre à sa famille son ancien éclat ; ce n'était certes pas pour lui qu'il songeait à la fortune, mais pour les siens... Et puis, qui sait si, en se sacrifiant, il ne parviendrait pas à arracher à son père son consentement au mariage de sa sœur et de Jean Renaud ?

Et peut-être allait-il prononcer une parole d'amour... lorsqu'une phrase musicale le frappa.

Des artistes de l'Opéra chantaient le beau duo du quatrième acte de l'*Africaine,* où Vasco de Gama se laisse prendre à l'amour de la reine qui fut jadis son esclave et qui vient de le sauver. On sait qu'au moment où le prêtre vient de les unir, Vasco, marchant sous le même voile que la reine Sélika, croit entendre la voix de sa douce fiancée, Inès, murmurant un air de son enfance...

Au moment où ces paroles retentirent : « Adieu, mon doux rivage... » Frédéric allait se baisser vers Edith... Il se redressa soudain et écouta ; mais ce n'était plus la voix de la chanteuse qu'il percevait : il croyait entendre... il revoyait Louison, sa douce amie d'enfance, celle qu'il avait aimée et qui l'avait aimé, qui l'aimait toujours...

Et l'aveu qu'il était peut-être sur le point de faire à l'Américaine s'arrêta sur ses lèvres...

XIII

CONTRE-MINE

Le général de Brettecourt jouissait fort peu du repos
auquel il aurait eu droit pendant son congé. Tous ceux de
ses anciens camarades qui, heureusement surpris de le
retrouver à Paris, avaient essayé de l'entraîner, de l'inviter à
dîner, de l'accaparer ne fût-ce une soirée, s'étaient heurtés
à cette réponse :

— Je n'ai pas le temps.

Il n'avait fait d'exception que pour le baron et la baronne
de Vauchelles, à qui, d'ailleurs, il ne rendait que très rare-
ment visite.

Levé de très bonne heure, il travaillait, le matin, puis se
rendait au ministère de la Guerre, où il passait une partie de
la journée; il allait ensuite chez Marie Renaud et lui consa-
crait presque tout l'après-midi, attendant avec patience
les moments où Jean les laissait seuls et où il pouvait causer
tranquillement avec elle. Puis, il se rendait chez le notaire
Florimont, dînait quelquefois chez lui. Et, le lendemain, il
recommençait, partagé entre son travail et ses amis, s'ou-
bliant lui-même. Il ne s'appartenait plus : il était tout au fils
de Jean de Villepreux et préparait lentement, mais sûrement,
les moyens de réparer le mal qu'il avait jadis causé si invo-
lontairement.

Son plan était bien arrêté : il n'attendait, pour l'exécuter,
que d'avoir vu Marie Renaud forte, capable de résister à de
nouvelles émotions; et il en prévoyait de très rudes.

Le soir même où mistress Dickson donnait sa grande
fête, Brettecourt allait commencer l'exécution de ce plan.

Vers dix heures, il était encore dans le salon de Marie
Renaud et causait à voix basse avec elle. Marie avait pris ses
dispositions pour qu'on ne les dérangeât pas; elle avait
obtenu que Jean retournât dans son joli hôtel de la rue Fortu-
tuny, en lui affirmant qu'elle se trouvait complètement guérie;
elle avait chargé maman Renaud d'une vérification qui rete-
nait la vieille grand'mère dans le bureau. Et, depuis une

heure environ, Brettecourt expliquait à la pauvre femme tout
ce qu'il allait faire. — Elle l'écoutait, les larmes aux yeux :

— Mais nous ne pourrons jamais, jamais avoir assez de
reconnaissance pour vous, lui disait-elle, par moments.

— Ne parlez-pas de cela, répliquait Brettecourt. Pourvu
que Jean, avec son caractère emporté, ne nous mette pas de
bâtons dans les roues !

— Une fois dans ma vie, j'userai de mon droit de mère,
répondait-elle énergiquement.

— Mais vous, vous sentez-vous la force de résister à
toutes ces entrevues ?...

— Oui.

— Ne vous troublerez-vous pas ?...

— Non.

— Vous aurez le courage de tendre la main à ce traître,
de le traiter en ami ?

— Dieu m'a déjà ordonné de lui pardonner, et, maintenant, c'est de tout mon cœur que je lui pardonne : je ne vois
plus en lui que le père de Frédéric et d'Henriette.

— Et vous saurez garder votre secret toute votre vie ?
Vous aurez l'énergie de respirer le même air que la vieille
marquise de Villepreux et de ne pas lui dire : « C'est moi
que votre fils a aimée, et mon fils est votre petit-fils ? »

Elle eut un sourire sublime et répliqua :

— N'est-ce pas moi qui vous ai demandé de respecter le
bonheur de cette famille ?... Que Jean soit heureux ! Je
sacrifie bien facilement le plaisir que me causerait une répa-
ration. Dire la vérité, ce serait accuser le marquis actuel de
Villepreux, creuser à jamais un abîme entre lui et sa mère...
tandis que notre devoir nous ordonne de les réunir.

— Et... s'il survenait des complications, que nous n'avons
pas pu prévoir ?

— Vous déciderez de notre conduite, mon ami ; j'approuve
d'avance tout ce que vous ferez. Et Jean a trop de confiance
en vous pour ne pas vous obéir aveuglément.

Brettecourt baisa respectueusement la main de Marie
Renaud et se retira. Comme il descendait le grand escalier,
il rencontra maman Renaud, qui le guettait.

— Vous ? fit-il.

— Oui, mon général : ma petite-fille me croit à la besogne ;
mais on n'a pas le cœur de travailler quand on est inquiète...

— Inquiète, vous? Et pourquoi?

— Ce n'est pas tout bonnement pour prendre de ses nouvelles que vous êtes venu voir ma petite-fille en secret, je pense?...

— En secret? prononça le général d'un air très étonné.

— Oui, en secret! Est-ce donc pour rien qu'on me renvoie dans le bureau et qu'on a réexpédié Jean chez lui? J'aurais pu écouter aux portes; mais cela ne me va pas... Général, sans me dire tout, avouez-moi au moins que vous tramez quelque chose...

— Peut-être, dit-il en souriant.

— Pour le bonheur de mon Jean?

— Parbleu!

— Et vous ne pouvez m'en dire davantage?

— Non.

— Eh bien! je suis contente tout de même!

Elle essuya brusquement quelques larmes, puis serra affectueusement les mains de Brettecourt.

— Là, vous voyez qu'il n'en faut pas beaucoup pour contenter une vieille grand'mère; mais je souffrais de ne rien, rien savoir... Allez, mon général, personne ne vous aura plus de reconnaissance que moi, si vous réussissez... Après tout, ces Villepreux nous doivent bien quelque chose : c'est pour un d'eux que mon fils est mort... Marie vous a dit cela, n'est-ce pas?... A Sébastopol...

— Oui, oui, je sais tout. Courage!

— Du courage? Ah! Il m'en a fallu dans la vie; et j'en ai encore autant que les jeunes.

Brettecourt s'éloigna très ému.

— Comme c'est bon, murmurait-il, de se dévouer à des êtres pareils! Et se dire que tous leurs malheurs ont été causés par un misérable et que la première pensée de cette noble femme a été de pardonner à ce misérable... Maman Renaud serait sans doute moins indulgente; et nous avons joliment bien fait de lui tout cacher... Allons, courage, moi aussi!

Il en avait certes besoin pour se présenter chez la mère de Jean de Villepreux. Et c'est chez elle qu'il se rendait maintenant.

Lorsqu'il arriva devant l'hôtel de la rue Saint-Dominique, il hésita quelques minutes. Il avait tant besoin d'être maître de lui! Et lui, qui n'avait jamais connu la peur, tremblait comme un enfant; il réfléchissait encore à tout ce qu'il avait décidé, aux subterfuges qu'il allait employer pour que les dames de Villepreux ne soupçonnassent même pas la vérité;

et, sur ce point, la volonté de Marie Renaud était absolue :
que le bonheur de son fils s'accomplît, mais qu'Honoré fût
épargné, que les dames de Villepreux ignorassent à jamais
son odieuse trahison !

— C'est là le point le plus difficile de ma mission, se
disait Brettecourt. La douairière ne devinera-t-elle pas que
je mens?... Saurai-je même bien mentir?...

Il se décida enfin à sonner.

— N'hésitons plus ; ce soir, ces dames sont seules :
l'occasion est trop bonne !

Guépin étant absent de l'hôtel, ce fut une servante qui
vint ouvrir. Cette servante ne connaissait pas Brettecourt; il
jugea inutile de lui dire son nom. Il demanda simplement :

— Ces dames sont bien chez elles?

— Mais je ne pense pas qu'elles reçoivent, monsieur!

— Conduisez-moi auprès d'elles, dit-il d'un ton de com-
mandement; ces dames me recevront : je suis un ami de
M. Frédéric.

En même temps, il refermait la porte de la rue. La servante obéit, instinctivement : il y a des hommes auxquels on
ne résiste pas.

Les dames de Villepreux travaillaient silencieusement
dans le salon. Depuis le départ du marquis et de Frédéric, elles
n'avaient pas prononcé une parole. Elles étaient absorbées
par leurs pensées. Lorsque la servante ouvrit la porte du
salon en disant à voix basse : « Il y a là un monsieur qui
m'a affirmé d'un tel ton que ces dames le recevraient... »
elles se levèrent toutes les trois ; elles étaient soudain
devenues toutes pâles ; et la douairière allait demander avant
tout le nom de ce visiteur inattendu, quand elle entendit
une voix grave :

— C'est moi, madame !

Il y avait bien des années qu'elle ne l'avait entendue, cette
voix : mais elle la reconnut tout de suite.

— Oh! Entrez, dit-elle, entrez!

Et comme Brettecourt pénétrait, encore tout tremblant,
dans le salon, elle alla au-devant de lui en lui tendant les deux
mains. Puis, d'un geste, elle renvoya la servante :

— Vous pouvez vous coucher, ma fille. Je reconduirai
monsieur.

Et, tant qu'elles entendirent le pas de la servante, les trois femmes demeurèrent silencieuses.

Puis, tendant de nouveau les mains à Brettecourt, la marquise s'écria solennellement :

— Je vous attendais, Henri !

Juliette aussi lui donna la plus chaleureuse étreinte.

— Ah ! monsieur de Brettecourt, que je suis heureuse de pouvoir vous remercier !

Brettecourt, déjà très ému par l'accueil des deux femmes, le fut davantage encore par le joyeux élan d'Henriette.

— Le général de Brettecourt ! Ah ! que je suis contente ! que suis contente de vous voir enfin !

Des larmes coulèrent sur les joues du vieux soldat.

— Embrasse-le pour nous tous, mon enfant, dit affectueusement la marquise.

Henriette ne se fit pas prier ; et elle embrassa si gentiment le général que celui-ci ne savait plus très bien où il en était. Il balbutiait :

— Chère enfant... mademoiselle...

Et quand la douairière le fit asseoir auprès d'elle, il fut, un grand moment, comme anéanti.

Il finit par dire :

— Vous devez bien supposer, madame, que si j'ose me présenter chez vous, c'est qu'il s'agit de choses graves...

— Nous venons de vous prouver, Henri, quelle joie nous cause votre visite ! Voilà déjà bien, bien des jours que je désirais ardemment vous voir ; et, je vous le répète, je vous attendais ! Nous pouvons bien vous avouer tout de suite que nous sommes affreusement tristes, presque désespérées... Toutes les nuits, comme dans mes moments de désespoir de jadis, je rêve à mon pauvre Jean... Je ne crois pas beaucoup aux rêves, et cependant je dois reconnaître que, plusieurs fois, les nuits dernières, vous m'êtes apparu avec mon fils... J'implorais mon pauvre enfant ; et il vous montrait à moi, comme pour me dire : « C'est Henri qui me remplacera auprès de vous ! »

— Alors, madame, je vois que la moitié de ma tâche est accomplie... Je n'ai plus qu'à me mettre à votre disposition et en même temps à défendre devant vous de bien chers intérêts dont je me suis chargé.

— Vous n'aurez pas à les défendre, Henri : devant nous, leur cause est gagnée d'avance.

Puis, la marquise se tourna vers Henriette :

— Mon enfant... commença-t-elle.

— Oh! je devine, grand'mère : on me renvoie! J'aurais été si heureuse, pourtant, d'écouter la plaidoirie de M. de Brettecourt!

Mais la vieille marquise secoua la tête ; et la jeune fille, après avoir embrassé les deux femmes et adressé sa plus gracieuse révérence à Brettecourt, se retira, le cœur gonflé d'une nouvelle espérance.

Le général avait repris tout son calme ; et il examinait la situation aussi rapidement qu'il l'eût fait sur un champ de bataille.

« Pour que j'aie été reçu aussi aimablement... aussi affectueusement plutôt, pour que la vieille marquise n'ait même pas eu un moment de répulsion à ma vue, pour qu'elle m'ait parlé aussi simplement de son fils aîné... il faut que sa colère soit bien grande contre son fils cadet... Marie Renaud a raison : dire la vérité à cette pauvre mère, ce serait la séparer à jamais d'Honoré, tandis que nous voulons le bonheur, l'union de tous! Elle ne pardonnerait pas à Honoré sa trahison envers Jean de Villepreux... Allons, ayons le courage de mentir! »

Quelques minutes s'écoulèrent dans le plus grand silence.

— Vous venez certainement nous parler de Jean Renaud? demanda enfin la jeune marquise d'une façon tout à fait engageante.

— Oui, madame.

En ce moment, Brettecourt se rappelait la scène qui avait eu lieu une vingtaine d'années auparavant dans ce même hôtel : la douairière suppliant Juliette de Persant d'accorder son amitié à la fiancée, au fils de Jean de Villepreux, et Juliette s'écriant avec tant de noblesse : « Oui, je les aimerai! »

Ah! comme il avait envie de lui crier : « Ceux que vous avez juré d'aimer, c'est Jean Renaud, c'est sa mère! »

La douairière ajoutait :

— Oui, parlez-nous de lui et de sa mère, en toute franchise!

Il fallut à Brettecourt une énergie surhumaine pour résister encore, et s'en tenir exactement à la ligne de conduite que lui avait imposée Marie.

— Je viens, en effet, mesdames, vous parler de mon ami Jean Renaud et de Mme Marie Renaud, que j'aime comme s'ils étaient de ma famille...

— Et nous sommes prêts à les bien aimer aussi, déclara vivement Juliette.

— Quand nous les connaîtrons, ajouta la douairière, un peu plus prudente.

— Mais vous les connaissez, madame, répliqua Brettecourt.

— Moi? C'est à peine si j'ai vu le fils, et je n'ai jamais vu la mère...

Elle le regardait très doucement, cherchant ses yeux. (Page 112.)

— Et cependant, madame, je vous affirme que vous connaissez bien la famille de mon ami Jean Renaud... Renaud!... Ce nom ne vous rappelle-t-il donc rien, madame? Souvenez-vous...

— Ah! mon Dieu! fit la marquise, avec une émotion soudaine, je n'avais jamais songé à cela... Ce Jean Renaud serait-il parent du capitaine?...

— Qui sauva la vie à Jean de Villepreux à l'attaque du Mamelon-Vert? interrompit Brettecourt. Oui, madame! C'est son petit-fils.

— Oh ! quel bonheur ! s'écria Juliette.

La douairière, qui s'était relevée en s'appuyant sur les bras de son fauteuil, retomba comme écrasée.

— Et c'est tout ? prononça le marquis cachant à peine son
désappointement. (Page 123.)

— Oh ! oui, murmura-t-elle, c'est un bien grand bonheur, oui... Et je me demande comment ce seul nom de Renaud n'a pas tout de suite éveillé en moi le souvenir de cet acte de dévouement... J'aurais interrogé ce jeune homme... Nous aurions peut-être évité bien des chagrins ; car cela seul donne à

M. Jean Renaud le droit de venir ici le front haut... Il faut me pardonner, Henri : j'ai tant souffert que ma pauvre vieille tête oublie parfois les choses du passé...

— Il le faut bien, madame, dit Brettecourt, avec une profonde mélancolie ; il faut bien que vous ayez oublié les choses du passé pour m'avoir reçu avec tant de bonté...

— Henri ! Henri ! ne parlons plus du grand malheur qui a empoisonné votre vie comme la mienne ; vous ne l'avez que trop cruellement expié. Aujourd'hui, je ne vois plus, je ne veux plus voir en vous que le fidèle ami de mon fils... Et tous, nous vous aimons ici... Vous avez le droit de parler comme le ferait Jean lui-même !

Il y eut un court silence ; le général était étranglé par l'émotion. La douairière reprit :

— Je me souviens très bien, maintenant : je cherchai vainement la mère de ce capitaine Renaud ; elle se déroba à ma reconnaissance...

— Elle était très fière, madame !

— Je me souviens aussi qu'il avait une femme, et que cette femme mourut de chagrin, laissant un enfant... Et, si je comprends bien, cet enfant était le père de votre ami Jean Renaud ?

— Non, non, dit Brettecourt tremblant un peu, cet enfant était une fille... Et c'est cette fille qui est la mère de Jean Renaud...

— Comment cela, Henri ?...

Brettecourt tremblait de plus en plus ; il arrivait au point le plus délicat de son explication.

— Jean, dit-il d'une voix rapide, porte seulement le nom de sa mère...

— Et... son père ? s'écria la marquise bouleversée.

— Il ne l'a pas connu, madame !

La douairière se dressa brusquement ; et, d'une voix angoissée :

— Que dites-vous, Henri ?... Ce Jean Renaud n'a pas connu son père ?... C'est-à-dire... c'est-à-dire qu'il... n'a pas de père ?

— C'est bien cela, madame....

— Mais... n'avez-vous pas remarqué sa ressemblance avec mon pauvre Jean ? poursuivit-elle, tout angoissée. Et son âge ne coïnciderait-il pas exactement avec celui du pauvre enfant que nous avons tant cherché ?...

Brettecourt était affreusement secoué ; mais il put étouffer son émotion et répondre assez tranquillement :

— Calmez-vous, madame : j'ai cru cela aussi, et j'en eusse été bien heureux...

En soi-même, il pensait : « Et comme je serai heureux de proclamer, tout de même, la vérité lorsque notre but sera atteint ! »

Il continua :

— Jean Renaud avait un peu plus de deux ans lorsque son père mourut.

La douairière retomba lourdement sur son fauteuil. Brettecourt poursuivait :

— Le père de Jean Renaud était officier : il lui était donc impossible d'épouser sa maîtresse, quoiqu'il eût pour elle autant de respect, je dirai même de vénération, que d'amour...

— Vous l'avez donc connu, Henri?

— Oui, madame ; mais permettez-moi, jusqu'à nouvel ordre, de ne pas dire son nom... Oui, je l'ai connu... peu de temps avant sa mort... Il mourut à l'ennemi, dans une expédition contre les Kabyles. Et, comme il avait eu l'imprudence de ne rien faire pour la mère de son enfant... Marie Renaud se trouva sans ressources...

— Mais... la famille du père?

— La famille ignorait cette liaison...

— Et cette jeune femme ne fit aucune tentative pour se rapprocher de cette famille?

— Cette jeune femme savait qu'elle serait... mal accueillie... Son ami l'avait prévenue...

— Malgré l'enfant?

— Malgré l'enfant!

— Mon Dieu ! s'écria Juliette, si nous avions eu ce bonheur, nous!

— Cette jeune femme, reprit Brettecourt, se consacra à son enfant et travailla. Elle était belle ; souvent on la demanda en mariage, mais elle était toute à son fils. Et pour lui elle accomplit de tels prodiges que, seule, sans amis, sans soutien, elle a créé cette importante maison de lingerie de la rue du Sentier qu'on dit être la première du monde... Elle éleva son fils avec des soins infinis et fit de lui un homme si droit, si noble que, lorsque je l'ai connu, il m'a rappelé Jean de Villepreux autant par le caractère que par le visage.

— Et... naturellement, il ignorait sa situation ? interrogea Juliette.

— Il l'a ignorée, madame, jusqu'au jour où votre mari lui a écrit. — Mme Renaud avait obtenu, sans qu'il eût à s'en occuper, des sursis pour son service militaire ; il n'avait donc jamais vu son extrait de naissance... Devant la lettre du marquis de Villepreux, il a bien fallu qu'il questionnât sa mère...

— Oh ! pauvre femme ! s'écria Juliette ; comme elle a dû souffrir !

— J'ai cru qu'elle en mourrait, madame, répondit tristement Brettecourt.

La douairière prononça sourdement :

— Dieu ! que mon fils Honoré aura fait de mal dans sa vie !

— Mais aujourd'hui, Mme Marie Renaud est complètement remise, s'empressa de dire le général. Et c'est elle qui m'a envoyé vers vous en me chargeant de vous expliquer très franchement la situation de son fils. C'est un haut caractère, qui ne veut aucune surprise... Jean, lui, quand il a connu sa situation, voulait renoncer à Mlle Henriette, autant parce qu'il se croyait désormais indigne d'elle que pour ne pas avouer la situation de sa mère... Car, à la seule pensée que quelqu'un pourrait humilier cette adorable créature !...

La douairière l'interrompit vivement :

— Et qui donc se permettrait de l'humilier ? Quelqu'un se serait-il permis d'humilier la femme de mon Jean, si j'avais eu le bonheur de la retrouver ? Dieu ne l'a pas voulu ; aussi je ferai pour la mère de Jean Renaud ce que j'aurais fait pour cette femme !... Jean Renaud n'est-il pas un peu mon petit-enfant, puisqu'il aime ma chère Henriette ?... Ma belle-fille ne me désapprouvera pas, je pense ?

— Moi, mère ! fit Juliette. Vous savez bien que vous comblez tous mes vœux !

— Henri, reprit la douairière, vous venez de me rendre mon courage, qui m'abandonnait depuis quelques jours. Devant les sourdes machinations de mon fils, je me sentais lasse, je n'avais presque plus la force de lutter... Honoré entraîne Frédéric dans un détestable chemin ; comment dire à cet enfant qu'il ne doit pas écouter son père... et, même, ajouta-t-elle à voix basse, qu'il devrait se défier de lui ? Tout tournait contre nous : Florimont nous a délaissées, après s'être conduit

comme un sot et un ingrat... Jean Renaud demeurait silencieux... Et nous passions notre temps à pleurer... Mais vous
voici, Henri ! Vous allez nous aider ! Et, avec vous, nous
vaincrons !

— Du moins, nous allons bien lutter, répliqua-t-il.

— Tout d'abord, dit la marquise, j'irai chez la mère de
Jean Renaud.

— Je vous y accompagnerai ! déclara fermement Juliette.

— Oui, nous devons, les premières, aller chez ces dames
Renaud. Ces dames seront ensuite reçues ici, par moi, comme
de vieilles amies ; et vous pouvez leur dire, Henri, qu'elles
auront le droit d'y venir la tête haute... Quant à mon ami Jean
Renaud, je me charge de lui prouver que personne n'osera les
humilier, ni lui ni sa mère... Ah ! je me sens renaître pour
défendre mes petits...

Toutes les craintes, les hésitations, qu'avait éprouvées la
douairière depuis quelques jours, disparaissaient soudain.
Mais son enthousiasme diminua un peu quand Juliette dit :

— Et pour Frédéric, ma mère, que ferez-vous ?

— Ah ! Frédéric, Frédéric... prononça-t-elle, Frédéric
m'inquiète terriblement... Nous sommes forcées de nous
avouer que son père l'a repris sur nous... Quand il m'a
raconté sa folie du Tonkin, folie pour laquelle vous vous
étiez montré si indulgent, Henri, je n'ai pas su dominer ma
colère, j'ai traité cet enfant durement, brutalement, ne pré-
voyant pas que son père le guettait, pour s'emparer de son esprit,
pour le tenter, le séduire peu à peu, le détacher de la petite
Louison qui l'aimait de tout son cœur, et le conduire, les
yeux fermés, à un mariage... un mariage...

La douairière levait les bras au ciel.

— Ce mariage ne peut se faire sans mon consentement,
dit Juliette.

— Eh ! refuseras-tu ton consentement quand il te sera
demandé par Frédéric lui-même ?

Juliette baissa la tête.

— Savez-vous ce que c'est, vous, Henri, que ces Dickson ?

— Non, madame... Mais j'ai voyagé en Amérique ; j'ai
noué des relations avec quelques membres de la Légation
américaine à Paris... Je puis m'informer...

— Sans doute... sans doute... Mais, hélas ! mon ami, en
admettant que nous puissions empêcher ce mariage, à quoi

cela nous mènerait-il? Florimont s'est livré à tant d'extravagances que tout rapprochement entre lui et nous est devenu
impossible...

— Qui sait? murmura Brettecourt.

— Mais vous ignorez donc? s'écria la douairière. Il est
venu ici comme un fou...

— Je n'ignore rien! Je sais que Florimont, furieux
contre certaines spéculations tentées par votre fils, est venu
vous faire ici une scène ridicule, après en avoir fait une très sotte
à Frédéric; mais je sais aussi que ma petite amie Louison est
bien malheureuse... et que c'est une dure chose pour un père
de voir souffrir sa fille... Ne pardonneriez-vous pas, madame,
à un père qui a cru agir dans l'intérêt de son enfant?... S'il s'est
alarmé, ne vous êtes-vous pas alarmée vous-même, madame?

— C'est vrai, murmura la douairière.

— Florimont m'honore d'une grande estime; sur ce point,
laissez-moi faire... et surtout, laissez faire votre filleule.

La douairière tendit ses deux mains à Brettecourt :

— Henri, nous nous remettons en vous. Ordonnez, nous
vous obéirons.

XIV

LE PÈRE ET LE FILS

Frédéric venait de s'éveiller. Il avait à peine dormi une
heure. Il sentait par tout le corps cette lassitude des lendemains de fêtes qui abat les hommes les plus forts et les tient
généralement endormis pendant de longues heures; mais il
s'était éveillé en sursaut, secoué par l'angoisse, la fièvre; et,
ne pouvant plus fermer les yeux, il s'était dressé sur son lit,
et réfléchissait. Il n'avait conservé qu'un souvenir confus de
ce qui s'était passé depuis qu'il avait ramené miss Edith, assez
décontenancée, auprès de sa mère.

Mais, comme une centaine de paires d'yeux étaient braqués
sur elle, la jeune fille avait repris assez vite une allure triom-
phante et s'était mise à causer très aimablement avec Frédéric ;
et Frédéric, dès qu'ils restaient dans le domaine des banalités,
s'était montré très galant. Et pendant tout le reste de la nuit, il
avait été presque constamment le cavalier de la jeune fille :
elle lui avait réservé la plupart de ses danses. Il avait soupé
auprès d'elle et dirigé avec elle le cotillon. Mais il avait hâte
que cette petite comédie fût terminée, il était honteux du rôle
ridicule qu'il jouait et du rôle non moins ridicule qu'il imposait à Edith. Et il éprouva une impression de délivrance
lorsqu'il se retrouva dans sa voiture avec son père.

— Eh bien? fit le marquis d'un ton badin.

— Demain, mon père, répondit Frédéric, demain, nous
pourrons parler plus sérieusement.

— Bigre, mon cher, il te faut encore une nuit de
réflexion?... Permets-moi de te dire que tu es crânement difficile...

— Je vous en prie, mon père !

— Eh bien! soit! À demain !

Ce lendemain était arrivé, et Frédéric tremblait.

Il se leva et se promena fiévreusement dans sa chambre,
jusqu'au moment où Guépin vint le prévenir que le marquis
l'attendait.

Le marquis n'avait pas plus dormi que son fils. Pendant
toute la fête des Dickson, il s'était cru si sûr du succès! Et,
depuis son réveil, il murmurait :

— Me résisterait-il, après tout ce que j'ai fait pour lui ?

Et à cette pensée, il était secoué par de grands mouvements
de rage.

— Mais il le faut, il le faut! s'écriait-il, ou je suis perdu!

Puis il essayait de se rassurer :

— Je n'ai plus rien à craindre de Louison : Frédéric est
aussi monté que moi contre cet imbécile de notaire... Alors,
pourquoi refuserait-il une fille belle, riche et qui l'aime? .
Pourquoi enfin?

Et il en était profondément irrité.

Cependant, quand Frédéric entra dans le cabinet de son père,
celui-ci s'était composé un visage doux, affectueux. Il fallait

que son fils fût à lui, bien à lui ; et il allait le séduire une dernière fois.

Frédéric était très pâle, un peu nerveux, mais maître de lui.

— Eh bien! mon enfant, fit le marquis en lui offrant un
siège en face de lui, qu’as-tu à me raconter?

Il avait prononcé ces mots d’une façon si engageante, si
bienveillante, que Frédéric se reprocha aussitôt de ne pas
être un fils parfaitement soumis et respectueux. Le marquis
continuait :

— Quoique les pères ne soient généralement pas choisis
par leurs enfants comme confidents de leurs amours, je pense
que tu vas me raconter en détail ce qui s’est passé cette
nuit entre toi et Mlle Dickson?

— Ce qui s’est passé, cette nuit, entre miss Edith et moi?...
Mais, rien, mon père!

— Voyons, voyons, fit le marquis en souriant, mes yeux
m’auraient-ils trompé?... Ne vous ai-je pas aperçus filant tous
les deux... à l’anglaise — c’est bien le cas d’employer l’expression — ou à l’américaine, si tu préfères!... C’était, si je ne me
trompe, au moment du concert, et on chantait cet interminable IVe acte de l’*Africaine*... Vous êtes restés fort longtemps
dans le jardin. Et j’imagine, fit-il, très badin, que ces chants
d’amour vous auront inspirés ?...

— Mlle Dickson avait un peu chaud, répondit Frédéric
tout géné : elle m’a prié de la conduire un moment au dehors ;
et... quand elle a senti la fraîcheur... je l’ai ramenée dans les
salons.

— Et... c’est tout? prononça le marquis, cachant à peine
son désappointement.

— Oui, mon père.

— Diable! Tu as le sang un peu froid, monsieur mon
fils.

Puis, se faisant encore très doux :

— Je ne saurais te dissimuler plus longtemps que nous avons
décidé, M. Dickson et moi, et décidé formellement, de nous
allier par ton mariage avec miss Edith... On attend aujourd’hui
notre demande officielle, et tu me mets dans un cruel embarras... J’espérais que tu avais profité de ce tête-à-tête, si gentiment offert, pour avancer tes affaires... Comment! Pas un mot
d’amour à cette jolie fille?

— Je n’ai pas su mentir, mon père.

Le désappointement du marquis augmentait; mais il demeura fort calme.

— Tu vas sans doute me dire que... tu n'aimes pas miss Edith ?...

— Non, mon père : je ne l'aime pas !

— Ce ne sera pas la première fois, déclara très froidement M. de Villepreux, qu'un jeune homme aura épousé une jeune fille sans l'aimer : l'amour vient ensuite, avec les enfants. Les mariages ainsi faits sont les meilleurs.

— J'admets très bien, mon père, qu'on fasse un mariage de convenance, mais à la condition qu'on ait le cœur libre...

— Le tien ne l'est-il donc pas?

— Vous le savez bien !

— Je croyais, dit le marquis d'un ton très affectueux, qu'il ne serait plus question entre nous de Mlle Florimont? Oublierais-tu, mon fils, que toi-même...?

Frédéric l'interrompit d'une voix poignante.

— Je n'oublie rien, mon père! J'éprouve contre M. Florimont une colère, une indignation terribles : s'il avait eu un fils, je lui aurais demandé raison des sottes injures prononcées contre vous... Je ne pouvais me venger d'un vieillard... Quant à arracher de mon cœur l'affection si ancienne, si profonde, que j'avais vouée à Mlle Florimont, je l'ai essayé... Je ne le puis pas... Pardonnez-moi; mais je ne le puis pas !

— Frédéric !

— Oh ! rassurez-vous, mon père. Il ne sera plus question d'elle entre nous... Je parviendrai sans doute à l'oublier... plus tard ; mais, en ce moment, ne me demandez pas de donner mon amour à une autre... Mon cœur, ma dignité s'y refusent ! Et je vous en supplie, rompez avec cette famille Dikson ! J'y joue un rôle faux, ridicule... On abuse cette jeune fille... Et maintenant, mon père, laissez-moi devancer la date de mon congé et rejoindre simplement mon régiment ! Mieux eût valu que je ne l'eusse pas quitté !

Honoré se leva et vint donner une tape affectueuse à son fils :

— Enfant! prononça-t-il.

Puis il se rassit, toujours souriant, se croyant maintenant certain du succès.

— Mon cher petit, je suis heureux, très heureux de voir les nobles sentiments qui t'animent; je suis fier de la jeunesse

de ton cœur, de la hauteur de ta conscience. Mais l'époque
est venue où tu dois être un homme et non plus un enfant.
Comme la plupart des enfants, tu as été surtout élevé par les
femmes de la famille : elles t'ont donné leur noblesse, leur
désintéressement, leurs illusions, et aussi leur... sentimen-
talité. Conserve tout cela, mon cher fils; mais permets-moi
d'y ajouter un peu de mon expérience. Tu ignores la vie ! je
dois la connaître pour toi, et surtout te faire connaître les
devoirs qui t'incombent.

Le marquis s'arrêta un peu; Frédéric ne savait que
répondre. Il se sentait tout petit garçon devant ce père qui
semblait si bon et si grave.

— Donc, reprit le marquis, tu avoues toi-même que tout
projet d'union avec ton amie d'enfance est devenu impossible... Et tu en conclus que tu dois partir, regagner poéti-
quement ton régiment, comme un héros de romance... Raison-
nons plus sagement. — Tu sais, n'est-ce pas, que nous sommes
ruinés ?... Et je ne crains pas d'ajouter : un peu par ma
faute... Or, nous sommes solidaires, toi et moi ! Et les malheurs
que j'ai causés, tu dois les réparer... si tu le peux.

— Ah ! s'écria Frédéric, si j'avais compris tout cela plus
tôt, je n'aurais pas embrassé cette carrière des armes, qui ne
peut me conduire qu'à la gêne ! Je me serais fait commerçant,
industriel...

— Et tu aurais reconstitué notre fortune? ajouta Honoré,
en riant. Jolie idée !

— Certes oui, mon père !

— Et gagné une dot pour Henriette?

— Sans doute !

— Taratata, mon fils, tu dis des sottises ! Pour être commerçant, industriel, il faut des dispositions spéciales, que tu n'as
pas; il faut des capitaux, que tu as encore moins. — Tu as
choisi le seul métier qui te convînt, parce que, pour un gentilhomme, ce n'en est pas un, le métier de soldat. Les gentilshommes sont soldats en naissant. Tu t'es bravement battu,
tu as déjà acquis un peu de gloire... Et ton devoir, aujour-
d'hui, est de rendre à ton nom son ancienne splendeur...

Tous les traits de Frédéric se contractèrent. Le marquis
continuait, fort posément :

— Remarque bien qu'en ceci il ne s'agit pas de toi seulement : il s'agit de notre famille, de nous tous, de ta sœur, de

ta mère, de ta grand'mère... L'avenir de tous les tiens dépend
de ton mariage... Ton devoir est donc de faire un beau
mariage... Si tu continuais tout bêtement ton métier de soldat,
en cherchant à faire un jour ou l'autre quelque sot mariage
d'amour, tu condamnerais à jamais ta sœur, ta mère et la
mienne à la médiocre existence... qu'elles mènent depuis déjà
trop d'années...

Cet argument portait juste. Frédéric eut un long tressail-
lement.

— Tandis que, si tu épouses Mlle Dickson, tu pourras, sur...
votre fortune personnelle — car elle recevra un million de
dot — transformer complètement l'existence des êtres qui te
sont chers. En échange de ce million, tu apporterais, toi, notre
vieil hôtel, qui vaut bien autant, et dont ma mère ne deman-
derait qu'à se dessaisir en ta faveur. Rien, d'ailleurs, ne serait
changé ici, si ce n'est qu'on pourrait y vivre grandement,
qu'on rouvrirait ces salons trop longtemps fermés, qu'on leur
rendrait un mobilier digne de ce cadre... et que ta mère, ta
grand'mère et ta sœur auraient un cœur de plus pour les
aimer... Edith est charmante...

— Mon père, je n'ai jamais pensé d'elle que du bien !

— Mais je tiens à y insister ; tu n'as pu l'étudier comme
moi : elle a un cœur exquis ; elle respecterait ta mère et ta
grand'mère autant que tu le fais toi-même. Et puis, je peux
t'annoncer en secret que M. Dickson, qui, sous sa rude enveloppe, est un homme excellent, s'est mis en pourparlers avec
les propriétaires actuels d'Angoville, et, qu'au premier enfant,
vous recevriez, comme simple cadeau, notre terre de famille si
malheureusement aliénée...

— Bref, mon père, on achète notre nom ? prononça douloureusement Frédéric.

— Eh ! mon cher, notre nom vaut bien quelque chose !
répliqua Honoré avec un léger mouvement d'impatience.

Mais, se radoucissant bien vite :

— Pourquoi ces grands mots, mon fils ? Quel mal y a-t-il
donc à épouser une belle enfant qui vous aime ?... Laisse-toi
donc aimer par elle, ne fût-ce que par dévouement à ta sœur !
Ta femme elle-même voudra doter sa belle-sœur... Ton mariage
nous permettra donc d'établir avantageusement Henriette...

Honoré avait réservé cette phrase pour son dernier argument. Il vit Frédéric tremblant, hésitant, envisageant son

mariage avec l'Américaine comme un acte de dévouement, un sacrifice aux siens...

Il ajouta bien affectueusement :

— Eh bien ! mon petit?

— Si je consens, mon père, consentirez-vous au mariage

— Tu obliges ton père à te faire sa confession, à s'humilier devant toi. (Page 134.)

de ma sœur avec mon ami Jean Renaud ? interrogea brusquement Frédéric.

Ce fut un coup de foudre pour le marquis. Il se croyait si bien délivré de Marie Renaud et de son fils !... Acheter le consentement de Frédéric à un tel prix, c'était tomber d'un danger imminent dans un danger plus grand encore.

Revoir Marie Renaud ! Se retrouver en face de cette femme qu'il avait si indignement trahie ! Ah ! cela jamais !

Et il déclara d'une voix terrible :

— Tu es insensé!... Est-ce qu'une demoiselle de Ville-preux peut se mésallier ainsi?

— Vous me forcez bien à me mésallier, moi!

— Est-ce que cela a le moindre rapport?... Et d'ailleurs, les Dickson sont une des plus vieilles famil-les des Etats-Unis!... Et qu'il ne soit plus question de ce Jean Renaud, s'il te plaît!

Frédéric avait bais-sé la tête, effrayé par la colère de son père.

Quand celui-ci se tut, son fils dit timide-ment :

— Eh bien! mon père, laissez-moi peser tout ce que vous m'a-vez exposé... Et dans quelques jours...

— Dans quelques jours! s'écria Honoré en blêmissant.

Son fils lui deman-dait encore d'attendre, quand il lui fallait une solution immédiate, quand ses créanciers étaient sur le point de l'acculer, que le dés-honneur le menaçait...

Son petit-fils se cacha quelques instants le visage dans les mains. (Page 138.)

et qu'il suffisait d'un mot de Frédéric pour le sauver!... Il s'élança vers son fils, le prit dans ses bras; et, jouant une dernière scène, bien sincère celle-ci, il prononça d'une voix pleine de larmes :

— Mon fils, il faut que tu consentes à ce mariage, aujour-d'hui... à l'instant. Il le faut!

— Calmez-vous, mon père!

— Tu me perdrais si tu refusais...

— Vous perdre !

— Écoute-moi bien, et ne me juge pas mal... Je suis si malheureux ! J'ai voulu relever notre fortune... J'ai travaillé, avec rage, j'ai passé mes nuits sur les chiffres... Et, au moment où je croyais réussir, des misérables ont abusé de ma confiance, m'ont trompé, ont commis des actes... blâmables, dont la responsabilité retombe sur moi...

— Vous me faites peur, mon père...

— Je n'aurais plus eu sans doute qu'à me tuer, si ce Dickson, cet Américain que tu dédaignes, ne s'était trouvé sur mon chemin... Il a compris que j'étais un honnête homme, indignement trahi par des drôles... Il a eu confiance en mes affaires, dont le résultat est certain dans l'avenir... Et cet homme va me sauver, s'il veut bien s'associer à moi... Il hésitait cependant...

Honoré trouvait tous ces mensonges sans hésiter ; et il continua, voyant son fils déjà conquis :

— Mais sa fille t'a vu, t'a aimé... Et les dernières hésitations, qu'éprouve tout homme avant de s'engager dans une nouvelle entreprise, sont tombées comme par enchantement... Frédéric, me refuseras-tu encore ton consentement ?... Tu obliges ton père à te faire sa confession, à s'humilier devant toi...

Ah ! qu'il lui en coûtait, à cet orgueilleux, à ce haineux, de se faire si petit, d'implorer son fils ! Mais il n'avait plus que ce moyen pour se sauver. Et il respira quand Frédéric prononça gravement :

— Assez, mon père, assez ! Il ne m'appartient pas de vous juger... Si je comprends bien, il s'agit d'une... sorte d'engagement d'honneur... auquel vous ne pouvez faire face ?...

— C'est bien cela, mon cher enfant !

— Vous aviez raison, mon père, nous sommes solidaires. Puisqu'il s'agit de votre honneur, je n'ai pas besoin d'en savoir davantage : ma vie est à vous, disposez-en !

XV

LA DOUAIRIÈRE SE RELÈVE

Au moment même où le marquis de Villepreux arrachait si péniblement son consentement à Frédéric, les dames de Villepreux écoutaient pieusement la messe à Sainte-Clotilde. Qnaud elles revinrent à l'hôtel, elles étaient joyeuses et fermes, bien prêtes pour le combat.

La douairière, rencontrant Guépin dans le vestibule, lui dit :

— Priez M. Frédéric de se rendre immédiatement chez moi.

Guépin répliqua avec un grand sérieux :

— M. le comte est en conférence avec M. le marquis.

— Ah ! fit à mi-voix la douairière ; il est probable que cette conférence ne ressemblera pas à la nôtre... Enfin, prévenez mon petit-fils.

Et elle se rendit dans sa chambre et y demeura avec sa petite-fille et sa belle-fille, attendant Frédéric.

— Bonne maman, lui dit Henriette, qui s'était assise sur un tabouret à ses pieds, vous n'êtes plus la même depuis ce matin.

— Cela me rajeunit, ma chère fille, de défendre ton bonheur.

— Mais, grand'mère...

Henriette s'arrêta, hésitante.

— Quoi donc, ma chérie ?

— Vous ne ferez rien qui puisse blesser mon père ?... J'ai la force d'attendre... Ce n'est que par la douceur, par l'affection que je veux amener papa à vouloir lui-même ce que je veux.

Les deux marquises échangèrent un regard attendri.

— Chère âme ! murmura Juliette.

— Laisse-nous faire, dit la vieille marquise.

Juliette, qui était près d'une fenêtre, vit alors Honoré traverser la cour, très rapidement ; et elle dit :

— Mon mari sort... Frédéric est donc libre...

Quand Frédéric parut, dans la chambre de sa grand'mère, tout blême, la démarche chancelante, Henriette courut à lui et le serra fiévreusement dans ses bras :

— Mais qu'as-tu donc, mon Frédéric?

— Rien, sœurette... un peu de fatigue... Cette fête s'est terminée assez tard... et je n'ai guère dormi...

Il se redressait; il ne voulait pas avouer son chagrin à sa sœur. Il la ferait bien assez cruellement souffrir tout à l'heure en lui répétant — et il considérait comme de son devoir de le faire — ce que le marquis avait dit de Jean Renaud. Il ramena sa sœur au pied de la douairière, embrassa les trois femmes et dit :

— Vous m'avez fait demander, grand'mère?

— Oui, pour te donner de bonnes nouvelles, répondit gaiement la vieille femme; mais tu ne sembles pas d'humeur à les recevoir?...

— Je vous écoute, dit Frédéric, sans répondre à la remarque de sa grand'mère.

— Eh bien! mon enfant, nous avons eu le bonheur d'apprendre une chose, que j'aurais dû deviner depuis long-temps déjà... Comme je ne vous parlais jamais de mon fils Jean, je ne vous avais jamais dit non plus qu'un officier lui sauva la vie devant les murs de Sébastopol, et que la famille de cet officier se déroba toujours, par fierté, à notre reconnaissance... Ah! te voilà bien intrigué, mon grand enfant? Je n'ai plus qu'un mot à ajouter pour que tu comprennes : ce capitaine se nommait Renaud et était le grand-père de ton ami Jean Renaud...

Frédéric tressaillit, puis secoua tristement la tête.

— Comment!... s'écria la marquise, ce simple renseignement ne t'emplit-il pas l'âme de joie?... Ton père n'a-t-il pas écrit à ton ami pour le prier de nous faire connaître la famille de son père?... Il me semble...

— Pardon, grand'mère! interrompit Frédéric gravement, pardon! Il ne faut pas vous bercer de nouvelles illusions...

En même temps il prenait Henriette et l'élevait contre lui.

— Ma chérie, je vais te causer une peine bien vive; mais mieux vaut qu'elle te vienne par moi. Je vais briser toutes tes espérances! Ce matin, j'ai eu avec notre père une longue et

grave conversation... J'ai essayé d'obtenir ce que tu désires
si ardemment... Hélas! notre père ne consentira jamais,
jamais, à ton mariage avec... celui que je t'aurais choisi moi-
même... Ma pauvre chérie...

Il la serrait très tendrement; elle s'était mise à pleurer à
grands sanglots :

— Si tu avais vu la colère, même la... fureur, de notre père,
quand je lui ai parlé de Jean Renaud, tu comprendrais
comme moi que tu dois renoncer au bonheur que tu avais
rêvé!...

— Mais, Frédéric, j'attendrai... N'arrive-t-on pas à tout,
par l'affection?... Ne me demande pas de ne plus espérer!

— Ah! certes, je voudrais te dire : Espère! Je ne le peux
plus... et cela, pour d'autres motifs qu'il m'est impossible de
t'expliquer... Maintenant, sœurette, retire-toi; j'ai besoin de
causer de choses graves avec ma mère et ma grand'mère...
Va! je t'aiderai à pleurer... Nous avons besoin de nous con-
soler tous les deux; car je vais m'imposer un sacrifice aussi
grand que le tien... Va, et pardonne-moi le mal que je te fais!

Il la reconduisit jusqu'à sa chambre, où elle tomba sur son
prie-Dieu; puis il revint dans la chambre de sa grand'-mère.

— Perds-tu la tête? interrogea fiévreusement celle-ci.

— Que fais-tu donc? s'écriait Juliette.

— Mon devoir, mère, répondit-il simplement.

— Tu désespères cette enfant, au moment où nous trou-
vons une arme pour la défendre!

Très fermement, il répliqua :

— Pourquoi entretenir en elle une espérance qui ne se
réalisera jamais? Mon père n'acceptera jamais celui qu'elle
aime... Et quand celui qu'elle aime connaîtra exactement la
situation de notre famille, il ne voudra plus... il ne pourra
plus s'allier à nous!

— Mais que se passe-t-il donc? s'écrièrent les deux femmes

D'une voix mourante, Frédéric prononça :

— Je viens vous demander de consentir à mon mariage
avec miss Edith Dickson.

Il sembla à Juliette et à la douairière qu'elles recevaient
un coup de massue.

— C'est impossible! s'écrièrent-elles, toutes les deux, après
le premier moment de surprise. C'est impossible !... Toi, toi,
épouser!... Non... non... non!

— Ah! fit-il amèrement, qui m'aurait dit, ce matin, que je consentirais à ce mariage, que je vous supplierais moi-même d'y consentir à votre tour?... Enfin!... Je m'étais rendu chez mon père pour lui demander de se dégager immédiatement vis-à-vis de la famille Dickson et de me permettre de vous quitter ensuite... Cependant... à la suite de l'entretien que j'ai eu avec lui... j'ai dû consentir; et mon père a ma parole...

— Tu t'es engagé? s'écria Juliette. — Et mon consentement à moi, ne te le faut-il donc pas?

— Vous me le donnerez, ma mère... Et vous, grand'mère, vous voudrez bien consentir à vous défaire, en ma faveur, de cette habitation... C'est l'unique condition qu'on nous impose...

— On nous impose quelque chose... à nous! s'écria la douairière indignée.

— Oui, grand'mère, et vous consentirez!

Frédéric parlait avec une telle autorité que la vieille marquise demeura sans parole. Son petit-fils se cacha quelques instants le visage dans les mains; sa mère se leva et vint l'entourer de ses bras.

— Pauvre fils, murmura-t-elle, comme tu souffres!... Tu es donc décidé à sacrifier ton amour?...

— Il l'a bien fallu, ma mère, puisque c'était l'unique moyen de sauver notre honneur!

Et il éclata en sanglots, dans les bras de sa mère.

— Explique-toi! lui criait la douairière d'une voix irritée.

Il voulut parler; mais il ne pouvait pas. Après quelques efforts, il murmura simplement :

— Oh! mon père... mon père...

A force de caresses, sa mère le calma un peu; et, le visage contracté par la douleur, il dit :

— Pardonnez-moi, grand'mère, de n'avoir pas eu la force de me sacrifier sans me plaindre... et surtout de me plaindre devant vous; mais ma désillusion est si grande!

— Parle, mon Frédéric, murmura la douairière, se radoucissant, parle...

— Vous savez que mon père a fait tentatives sur tentatives pour relever notre fortune... On l'a trompé... Des hommes d'affaires ont abusé de lui, ont commis des actes blâmables... dont la responsabilité retombe sur lui...

Il répétait naïvement les mensonges de son père.

— Et aujourd'hui il est acculé, à la veille du...

Il n'osa pas achever ; ce fut sa mère qui dit :

— A la veille du déshonneur !

— Un Villepreux ! s'écria douloureusement la marquise en levant les bras au ciel.

— Un homme peut le sauver, a bien voulu consentir à le sauver, reprit Frédéric, cet Américain, ce Dickson...

— Et... comme compensation, on exige que tu épouses sa fille ? murmura sa mère accablée.

— Vous voyez bien, ma mère, que vous devez consentir...

Juliette ne répondit pas ; elle s'attendait bien à des complications imprévues, à des difficultés inouïes, mais pas à une semblable catastrophe. Que faire quand l'honneur était engagé ?...

La douairière s'était levée et marchait rageusement dans la pièce, répétant d'une voix où grondait une colère terrible :

— Un Villepreux !... Un Villepreux !

Puis, s'arrêtant tout à coup et apostrophant Frédéric :

— Mais ce notaire avait donc raison ?

— Oh ! grand'mère ! s'écria le jeune homme, maintenant, moins que jamais, je ne permettrai, à qui que ce soit, de prononcer une parole contre mon père !

Il y eut un court silence ; puis la douairière, plaçant la main sur l'épaule de Frédéric, dit lentement :

— C'est bien, ce que tu as fait là, petit ! Tu es digne de celui-ci !

Et d'un geste, elle montrait le portrait de Jean de Villepreux.

— Je vous en supplie, grand'mère, n'élevez plus la voix contre mon père, vous me déchirez l'âme. Nous devons l'aimer, le respecter davantage dans le malheur !

— Non ! déclara la vieille femme violemment. Non ! Il a interrompu la lignée des Villepreux ; et c'est toi qui la reprends. Tu lui as engagé ta parole ; mais il n'avait pas plus le droit de la recevoir que de te la demander. L'honneur des Villepreux ne regarde que le chef de famille des Villepreux ; et il ne l'est pas... Il ne l'est plus depuis longtemps... Ta mère et moi, nous l'avons élevé dans le respect de ton père ; mais il n'était pas digne de ce respect : il a fait le malheur de notre vie... Ta mère, par lui, n'a connu que les larmes ; tous ses sourires lui sont venus de toi et d'Henriette... Mon fils Honoré a été fils indigne, indigne époux, père indigne... Et je te défends de lui obéir ; car le vrai chef de la famille des Villepreux, c'est moi... en attendant que tu le deviennes !

La douairière avait parlé avec une telle majesté que Frédéric ne trouvait plus une parole pour défendre son père.

— Quand il s'agit de notre honneur, continua-t-elle, rien ne saurait être décidé que par un conseil de famille ; ce conseil de famille, j'ai le droit et ta mère a le droit d'en faire partie... Comment ! Sans même me consulter, ton père te forcerait à commettre une telle mésalliance ?... Mon petit-fils, le dernier des Villepreux, donnant son nom à une inconnue, une étrangère... Sais-tu ce que c'est que ces Dickson ?

Frédéric demeura muet... Juliette prononça avec mépris :

— Des aventuriers, sans doute !

— Sans les connaître, je me défie terriblement d'eux, poursuivait la douairière. D'ailleurs, avant longtemps, j'aurai des renseignements sur eux ; Brettecourt les surveille...

— Le général ?

— Oui, ton général, qui s'y connaît en honneur aussi bien que ton père, et qui te dira bientôt s'il est permis à un Villepreux de se commettre avec ces gens-là !... Je t'aurais vu, avec bonheur, épouser Louison, ma chère filleule : une honnête jeune fille, fille d'un honnête homme, est toujours digne d'entrer dans une grande maison !

— Grand'mère, n'ajoutez pas à ma douleur ! Malgré tout, je n'ai pas cessé d'aimer ma petite amie d'enfance.

— Tant mieux ! c'est un atout de plus dans notre jeu... Mais une demoiselle Dickson !... Avant que tu en viennes là, il y aura un conseil de famille ; mon fils y exposera sa situation, et nous jugerons. Puisqu'il n'a pas su conserver intact le nom qui lui était confié, il ne lui appartient pas de le sauver... C'est à nous, à nous seuls que revient ce droit ! — Il s'agit évidemment d'une grosse somme d'argent... Combien ?

— Je l'ignore, grand'mère.

— Enfin, nous le saurons !... Quant à payer, il faut payer sans retard ! Et qui nous dit que nous n'y parviendrons pas avec nos propres ressources ? Qui nous dit que nous ne nous sauverons pas, sans l'argent de ces aventuriers ?

Et, comme Frédéric ébauchait un geste de protestation :

— Oui, prononça-t-elle furieusement, des aventuriers ! Des gens qui agissent ainsi ne peuvent être que des aventuriers !

Ta mère n'a plus rien, hélas! puisque ton père lui a tout dissipé ;
mais, moi, je ne suis pas complètement ruinée, j'avais su
garder un peu d'argent pour mes petits-enfants : cet argent,
vous le sacrifierez aisément pour sauver l'honneur du nom...

— Comment sauver mon fils ?... Comment sauver notre nom ? (Page 143.)

Et après, nous serons complètement ruinés, voilà tout... Cet
hôtel vaut bien quelque chose aussi, je pense ? J'avais juré de
ne jamais m'en dessaisir ; mais j'aime mieux le vendre que de
le livrer à cette étrangère!... Ah! si ce Florimont n'avait pas
eu la sottise de se brouiller avec nous, il nous aiderait une dernière fois... Si tu savais combien de fois il nous a aidés ainsi!

— Et M. de Brettecourt, ma mère ? dit Juliette.

— Puisque Florimont nous manque, Frédéric, c'est lui que tu vas aller chercher! ordonna la douairière. Oui, lui !

— Lui ?... Le mêler ?...

— Va le chercher, te dis-je! Obéis-moi, mon enfant! Je le veux!

Frédéric eut encore une légère hésitation ; mais il ne put résister à la puissance dominatrice de la vieille femme.

— J'y vais, grand'mère, murmura-t-il, j'y vais !

Et il partit.

Une heure après, il revenait avec le général.

La douairière le reçut seule.

— Vous m'avez fait appeler, madame ; me voici! dit simplement Brettecourt.

— Mon pauvre Henri, si vous m'avez fait pleurer jadis, vous pouvez aujourd'hui tout réparer... ou du moins nous aider à tout réparer... Honoré est perdu!... Des affaires que je ne connaissais pas... Des actes...

— Oui, je sais. Florimont m'a prévenu, dit gravement Brettecourt.

— Et... vous ne m'aviez rien dit?

— Je ne m'imaginais pas que la catastrophe fût si proche ; et j'espérais, sans que rien vînt à votre connaissance, aplanir en secret toutes les difficultés... sauver le marquis !

— Mais vous êtes donc un être sans pareil? s'écria la douairière.

Brettecourt eut un geste de modestie.

— Je ne suis qu'un simple agent, dit-il ; j'accomplis les volontés d'une âme réellement supérieure... et que je croirais en effet sans pareille si vous n'existiez, madame...

La marquise le contempla avec stupéfaction.

— Expliquez-vous, Henri?

— Non, madame ; mais permettez-moi de vous demander à vous-même de plus longues explications. — Que se passe-t-il exactement ?

— Pour se sauver, Honoré a imaginé de marier son fils avec cette mademoiselle Dickson..: Et Frédéric, voyant son père perdu, a consenti.

— C'est bien digne du cher enfant !... Et, naturellement, vous vous opposez?...

— De toutes mes forces !

— Et quelles sont vos intentions?

— Savoir, avant tout, à quelle somme se montent les engagements du marquis !

— Près de deux millions, madame !

La marquise chancela.

— Mais alors, murmura-t-elle, je ne pourrai jamais y faire face !

— Vous aviez donc voulu?...

— Convertir les quelques valeurs qui me restent, vendre cet hôtel...

Brettecourt secoua la tête :

— N'y songez pas, madame ! Malgré sa valeur réelle, vous ne tireriez, surtout avec une vente précipitée, qu'une somme relativement insignifiante de votre demeure... Et songez qu'il faudra immédiatement de l'argent, de l'argent comptant...

— Et ces Américains en ont ? prononça amèrement la marquise. Mais qu'est-ce que c'est donc que ces gens-là?...

— Patience, madame ! Je le saurai avant longtemps.

— Mais comment se procurer assez d'argent, mon Dieu?... Comment désintéresser ces aventuriers, qui osent acheter notre nom?... Comment dégager la parole de Frédéric?

La douairière s'était caché le visage dans les mains et sanglotait :

— Comment sauver mon fils?... Comment sauver notre nom?

— Rassurez-vous ! s'écria Brettecourt, bouleversé par les marques de désespoir de la pauvre mère.

Et, se rapprochant d'elle :

— Rassurez-vous, votre nom sera sauvé !

— Sauvé, Henri?... Ah ! Ne m'abusez pas... Vous pouvez nous sauver ?

— Pas moi, je vous l'ai dit...

— Mais qui donc?

— Une simple femme...

— Une femme?... Qui ?... Achevez !

Brettecourt eut alors un sourire de triomphe et prononça lentement :

— Marie Renaud !

L'épisode suivant a pour titre :

BAS LES MASQUES !

TABLE DES MATIÈRES

SCEAUX. — IMPRIMERIE E. CHARAIRE.

Début d'une série de documents
en couleur

A
L'AMÉRICAINE
...mes le fascicule illustré.
FAYARD FRÈRES Éditeurs PARIS
...S DE PIERRE SALES. N° 14.
A L'AMÉRICAINE. N° 2
...ERRE
...ALES

À L'AMÉRICAINE

centimes le fascicule illustré, **FAYARD FRÈRES** EDITEURS PARIS

ŒUVRES DE PIERRE SALES. N° 15.   A L'AMÉRICAINE. **N° 3**

L'AMÉRICAINE
IERRE
ALES
centimes le fascicule illustré. FAYARD FRÈRES EDITEURS PARIS
ŒUVRES DE PIERRE SALES. N° 16.
A L'AMÉRICAINE. N° 4

ŒUVRES
DE
PIERRE SALES

La révolution commencée en librairie par la maison Fayard frères, avec la publication des œuvres d'ALPHONSE DAUDET, JULES CLARETIE, HECTOR MALOT, vient encore de faire un pas en avant, avec la publication des œuvres du célèbre romancier qui occupe aujourd'hui, sans conteste, la première place parmi les grands conteurs français : **PIERRE SALES**.

C'est non seulement sous la forme de ces jolis fascicules à 10 centimes, rendus si populaires par la publication d'ALPHONSE DAUDET, mais aussi sous celle d'un élégant volume, — véritable volume de luxe, avec une jolie couverture de José Roy et de nombreuses illustrations de nos meilleurs dessinateurs. — que la maison Fayard frères offre au public l'œuvre considérable qui, depuis quelques années, passionne, fait palpiter, pleurer, et rire aussi, la France entière. Et ce volume, dont le bon marché semble défier tout bon sens, sera donné, complet, illustré, broché, pour... **60 centimes**.

Pour **60 centimes**, on aura ce **SERGENT RENAUD** par lequel débute la publication et qui est certainement l'œuvre la plus poignante et la plus touchante du grand romancier. Puis viendront : **La Jeune France**; **A l'Américaine!** **Bas les masques!** **Chaîne dorée**; **Olympe Salverti**; **Viviane**; **Marquis de Trévenec**; **Le Puits mitoyen**; **Femme et Maîtresse**; **Marthe et Marie**; **Incendiaire!** **La Mèche d'or**; **Sacrifiée**; **Pierre Sandrac**; **Un Drame financier**; **La Femme endormie**; **Le Diamant noir**; **Le Corso rouge**; **L'Écuyère**; **Beau Page**; **Louise Mornans**; **Jeanne de Mercœur**; **Vipère!** **Orphelines!** etc., etc.

Mais, pour être complet en un volume, chacun de ces récits n'en forme pas moins un épisode, une partie d'un tout considérable qui est l'histoire de la *Société parisienne* en ces dernières années, — cette histoire qui, de récents événements l'ont surabondamment démontré, n'est qu'un vaste roman d'aventures. Et, sous cette forme si passionnante, si entraînante du roman, PIERRE SALES fait revivre la ville gigantesque dans tous ses milieux, depuis la mansarde de l'ouvrier, le cabinet du penseur, l'atelier de l'artiste, jusqu'aux boudoirs des aventurières, aux palais des financiers et des grands seigneurs, aux aristocratiques demeures des femmes du monde, aux salons les plus fermés du faubourg Saint-Germain.

C'est pour cela qu'il est lu **partout et par tous**, et que, maintenant, tous vont le posséder. Car, devant une si merveilleuse édition, il n'y aura pas de maison en France où l'on ne voudra, où l'on ne pourra avoir à soi, pour soi, l'œuvre illustrée du romancier aimé entre tous.

EN VENTE :

LE SERGENT RENAUD	**LA JEUNE FRANCE**
Un volume illustré : 60 centimes.	Un volume illustré : 60 centimes.

10 cent. le Fascicule
renfermant 24 pages illustrées sous couverture en couleurs.
Deux Fascicules par semaine.

A L'AMÉRICAINE
FORMERA 6 FASCICULES

60 centimes
LE
VOLUME COMPLET
Illustré.

Chacun des ouvrages suivants formera également 6 fascicules.

FAYARD Frères, Éditeurs, 78, boulevard Saint-Michel, PARIS

Sceaux. — Imp. E. Charaire.

L'AMÉRICAINE
PIERRE SALES
centimes le fascicule illustré. FAYARD FRÈRES EDITEURS PARIS
ŒUVRES DE PIERRE SALES. N° 17.
A L'AMÉRICAINE. N° 5

À L'AMÉRICAINE

10 centimes le fascicule illustré. FAYARD FRÈRES ÉDITEURS PARIS

ŒUVRES DE PIERRE SALES. N° 18.   A L'AMÉRICAINE. N° 6

ŒUVRES
DE
PIERRE SALES

La révolution commencée en librairie par la maison Fayard frères, avec la publication des œuvres d'ALPHONSE DAUDET, JULES CLARETIE, HECTOR MALOT, vient encore de faire un pas en avant, avec la publication des œuvres du célèbre romancier qui occupe aujourd'hui, sans conteste, la première place parmi les grands conteurs français : **PIERRE SALES.**

C'est non seulement sous la forme de ces jolis fascicules à 10 centimes, rendus si populaires par la publication d'ALPHONSE DAUDET, mais aussi sous celle d'un élégant volume, — véritable volume de luxe, avec une jolie couverture de José Roy et de nombreuses illustrations de nos meilleurs dessinateurs, — que la maison Fayard frères offre au public l'œuvre considérable qui, depuis quelques années, passionne, fait palpiter, pleurer, et rire aussi, la France entière. Et ce volume, dont le bon marché semble défier tout bon sens, sera donné, complet, illustré, broché, pour... **60 centimes.**

Pour **60 centimes,** on aura ce **SERGENT RENAUD** par lequel débute la publication et qui est certainement l'œuvre la plus poignante et la plus touchante du grand romancier. Puis viendront : **La Jeune France ; A l'Américaine ! Bas les masques ! Chaîne dorée ; Olympe Salverti ; Viviane ; Marquis de Trévenec ; Le Puits mitoyen ; Femme et Maîtresse ; Marthe et Marie ; Incendiaire ! La Mèche d'or ; Sacrifiée ; Pierre Sandrac ; Un Drame financier ; La Femme endormie ; Le Diamant noir ; Le Corso rouge ; L'Écuyère ; Beau Page ; Louise Mornans ; Jeanne de Mercœur ; Vipère ! Orphelines !** etc., etc.

Mais, pour être complet en un volume, chacun de ces récits n'en forme pas moins un épisode, une partie d'un tout considérable qui est l'histoire de la *Société parisienne* en ces dernières années, — cette histoire qui, de récents événements l'ont surabondamment démontré, n'est qu'un vaste roman d'aventures. Et, sous cette forme si passionnante, si entraînante du roman, PIERRE SALES fait revivre la ville gigantesque dans tous ses milieux, depuis la mansarde de l'ouvrier, le cabinet du penseur, l'atelier de l'artiste, jusqu'aux boudoirs des aventurières, aux palais des financiers et des grands seigneurs, aux aristocratiques demeures des femmes du monde, aux salons les plus fermés du faubourg Saint-Germain.

C'est pour cela qu'il est lu **partout et par tous,** et que, maintenant, tous vont le posséder. Car, devant une si merveilleuse édition, il n'y aura pas de maison en France où l'on ne voudra, où l'on ne pourra avoir à soi, pour soi, l'œuvre illustrée du romancier aimé entre tous.

EN VENTE :

LE SERGENT RENAUD | LA JEUNE FRANCE
Un volume illustré : 60 centimes. | Un volume illustré : 60 centimes.

10 cent. le Fascicule renfermant 24 pages illustrées sous couverture en couleurs. Deux Fascicules par semaine.	# A L'AMÉRICAINE FORMERA 6 FASCICULES	**60 centimes** LE **VOLUME COMPLET** Illustré.

Chacun des ouvrages suivants formera également 6 fascicules.

FAYARD Frères, Éditeurs, 78, boulevard Saint-Michel, PARIS

Sceaux. — Imp. E. Charaire.

Fin d'une série de documents
en couleur

www.ingramcontent.com/pod-product-compliance
Ingram Content Group UK Ltd.
Pitfield, Milton Keynes, MK11 3LW, UK
UKHW021935070726
13614UKWH00001B/450